Дождь зимой

Translated to Russian from the English version of
The Rain in Winter

Debajyoti Gupta

Ukiyoto Publishing

Все глобальные права на публикацию принадлежат

Ukiyoto Publishing

Опубликовано в 2023 году

Авторское право на содержание © Debajyoti Gupta

ISBN 9789359209784

*Все права защищены.
Никакая часть этой публикации не может быть воспроизведена, передана или сохранена в поисковой системе в любой форме любыми средствами, электронными, механическими, фотокопировальными, записывающими или иными, без предварительного разрешения издателя.*

Были заявлены моральные права автора.

Это художественное произведение. Имена, персонажи, предприятия, места, события, локализации и инциденты являются либо плодом воображения автора, либо используются в вымышленной манере. Любое сходство с реальными людьми, живыми или умершими, или реальными событиями является чисто случайным.

Эта книга продается при условии, что она не будет предоставляться в виде обмена или иным образом, перепродаваться, сдавать внаем или иным образом распространяться без предварительного согласия издателя в любой форме переплета или обложки, отличной от той, в которой она опубликована.

www.ukiyoto.com

Содержание

Глава 1	1
Глава 2	3
Глава 3	5
Глава 4	7
Глава 5	11
Глава 6	15
Глава 7	19
Глава 8	24
Глава 9	30
Глава 10	35
Глава 11	41
Глава 12	51
Глава 13	63
Глава 14	68
Глава 15	73
Глава 16	80
Глава 17	85
Об авторе	87

Глава 1

В нашей жизни мы проходим через много этапов, мы не знаем, что произойдет дальше. Жизнь - это река, текущая к бездонному, бескрайнему морю, и после этого она заканчивается в гробовой тишине.

В нашей жизни мы встречаемся и общаемся со многими людьми. В январе 1991 года появился мальчик, которого звали Маршалл Рой. Мы все знаем, что все верят в любовь, а некоторые нет, и Маршалл был тем человеком, который никогда не верил в любовь. Причина в том, что главная цель любви - привнести грусть и огорчение в жизнь другого человека. Он был не очень хорошим учеником, но порядочным и отзывчивым человеком. Многие люди раньше смеялись над ним, потому что в своей школьной жизни он был невинным мальчиком. Он сталкивался с различными проблемами. Раньше он дрался со всеми, кто смеялся над ним.В чем бы ни заключалось дело. Когда он поступил в колледж, у него появилось много новых друзей, все были очень милыми и дружелюбными. Он получал степень магистра социологии в Калькуттском университете. Приехав из маленького городка Трипура, штата на северо-востоке Индии, он обнаружил в университете иную атмосферу. Это было новое место для него. Теперь он сосредоточился на учебе и начал работать над своими амбициями и карьерой.

В университете у него появился новый профессор, который раньше руководил им. Его зовут доктор Радж Сен, он был профессором социологии. Раньше он руководил им в учебе не как учитель, а как друг. Раньше он относился к нему не как к учителю, а как к брату. Главное, что он посоветовал ему усердно учиться и улучшить свой уровень письма. В университете, когда он получал степень бакалавра, он стал очень серьезно относиться к жизни. Его честолюбивой мечтой было уехать за границу, чтобы получить докторскую степень. Однажды кто-то из его одноклассников спросил его: "Ты любишь кого-нибудь из тех, с кем учился в школе"? Затем Маршалл сказал им: "Раньше я любил кое-кого, когда учился в 12 классе, а она была в 6 классе, но раньше она любила другого мальчика, который читал в 10 классе. Она знала, что я люблю ее, но я ей не нравился. Это потому, что я был очень плохим студентом; раньше я терпел неудачи по многим предметам".

Все, кто слышал его историю, сочувствовали ему, некоторые из них говорили ему, что иногда такие вещи случаются в жизни. Один из профессоров проходил мимо аудитории. Ее звали доктор Эшс Рэй. Она попросила Маршалла встретиться с ней в ее кабинете. После окончания занятий Маршалл пришел на встречу с доктором Эшс в ее кабинет. Маршалл пришел в ее кабинет и занял свое место, затем доктор Эш сказал ему: 'Я слышал, о чем вы говорили со своими друзьями. Я знаю, что любовь - очень важная часть нашей жизни, но сейчас самое главное, чтобы ты усердно учился". Слушая все это, он вышел из ее кабинета.

Глава 2

Похоже, ему очень трудно приспособиться к университетской жизни. Атмосфера в Калькутте совсем другая. Это оживленный город. На улицах толпы людей. Каждый занят своей работой. Нет времени смотреть друг другу в лицо. Его мать очень беспокоилась о его учебе. Она потратила много денег на его образование. Маршалл очень любит своих родителей. Он хочет подарить им всем счастье. Он знает, что никогда не заставлял своих родителей гордиться им, но он знает, что однажды он заставит своих родителей гордиться им.

Когда он учился в школе, он был очень плох в учебе, но его последние школьные дни были намного лучше, чем его прошлые дни. У него появилось много друзей. Раньше ему было очень весело с ними. Его одноклассники раньше очень любили его. Кроме того, у него был друг по имени Саянтан, с которым он делился своим жизненным опытом. Когда-то он любил одну девушку, но никогда ничего не говорил ей о своих чувствах. Он думал, что девушка тоже любит его. Ее звали Натали Джонс. Она читала в 6-м классе, а Маршалл учился в 12-м. Он иногда подшучивал над ней, а также любил ее, однажды, когда она собиралась к себе домой, он сказал ей: "Ты уходишь?". Она просто подошла к нему и коснулась его щеки. Это был самый волнующий момент в его жизни. После этого она услышала, что он не очень хорошо учится, к тому же он трижды проваливался на трех уроках. С того дня она ни разу с ним не разговаривала.

После экзаменов в XII классе, на которых он получил очень плохие оценки, он не нашел ни одного хорошего колледжа для поступления. Наконец он поступил в государственный колледж в своем родном городе. Получив степень бакалавра, он поступил в Калькуттский университет на степень магистра социологии. Раньше, когда он оставался дома, он проводил много времени, сплетничая со своей матерью. Но сейчас он находится в своем университетском общежитии. У него нет другого выбора, кроме учебы. Раньше он очень нравился как профессорам, так и преподавательницам. Среди них был доктор Радж Сен. До поступления в Калькуттский университет он был в Англии, защищал докторскую диссертацию. После получения ученой степени он устроился на работу в Калькуттский университет. Он проводит много времени, разговаривая с ним, когда они были свободны. Маршалл был самым толстым мальчиком среди всех своих одноклассников. Когда он учился в школе, все младшие в его автобусе задирали его из-за его громоздкого тела. Он также был игроком своей школьной футбольной команды, раньше он играл на позиции полузащитника, но когда поступил в колледж, то растерял все свои футбольные навыки. Его любимая игра - крикет. Он вспоминает дни своего детства, когда играл в крикет со своим отцом. Он также планировал играть в крикет в своем университете, но он знает, что никто не возьмет его в команду. Есть много хороших игроков.

Глава 3

В ту ночь он не спал в общежитии, он думал о своих родителях, он думал о том, что они делают дома, он думал поговорить с ними по телефону. Он думал, что пойдет в киоск по борьбе с ЗППП, но у него не было достаточно денег, чтобы сделать это, он плакал.

На следующее утро он получил письмо от своей матери:

Дорогой Маршалл,

Как твои дела? Я и твой отец очень скучаем по тебе. Когда ты был в доме, ты обычно разговаривал со мной, но теперь у меня нет никого, кого я мог бы отругать. Однако усердно учись, береги себя, я буду посылать тебе письма каждую неделю, я действительно скучаю по тебе, сынок.

С любовью ваш

Мама

Прочитав письмо, Маршалл расплакался.

Некоторые из его друзей поддержали его. Он очень эмоциональный мальчик; он очень эмоционально относится к своим родителям. В университете он встречался с разными людьми. Одной из них была пожилая дама, которая раньше работала в университете помощницей профессоров. Когда у него было свободное время, он разговаривал с ней. Ее звали мисс Кэрин. Она была христианкой и католичкой. У нее были муж и дочь, которые рано умерли. Маршалл думал, что ее жизнь полна печали. Однажды Маршалл сказал ей: "Твоя жизнь полна боли". Она сказала ему, что "печали и счастье - это часть жизни. Как истинный христианин, мы должны принимать все. Все исходит от Бога. Человек не должен терять свою веру в Бога. Люди решают, что хорошо, а что плохо, исходя из своей личной выгоды. В огромной вселенной Бога он - единственное благо. Мы не сможем осознать этого, если будем мыслить эгоистично. Бог дарует печали тем людям, которых он любит больше всего. Печаль делает человека чище, как огонь делает золото, поэтому мы должны принимать все. Все исходит от Бога".

Слушая это, Маршалл познал правду жизни. Жизнь - это сплошная борьба. Многие люди думают, что жизнь состоит в том, чтобы получать удовольствие. Они не знают об ужасном лике жизни. Он обычно навещал дом этой пожилой леди, когда у него появлялось время. Это был действительно чудесный момент для него.

На следующее утро он услышал новость о том, что в университете состоится турнир по крикету. Все были взволнованы. Маршалл хотел принять в этом участие, но в его сознании поселился страх. Маршалл рассказал об этом своим родителям, его родители сказали ему, что если ты хочешь принять в этом участие, он может принять участие, но, видишь ли, это не должно испортить его учебу. Маршалл пошел на игровую площадку и сказал начальнику отдела спорта, что хочет поиграть. Тренер сказал ему: "Если ты хочешь играть, тебе следует прийти на тренировку после окончания занятий".

После окончания занятий он пришел на поле и встретился со своим учителем спорта. Его звали мистер Дипак. Он наблюдал за ним во время его тренировочных матчей и включил его в команду в качестве первого игрока с битой.

На следующий день они выиграли матч. После этого был финальный матч, который выиграл Калькуттский университет, и именно Маршалл привел свою команду к победе. Это был самый волнующий момент в его жизни.

Глава 4

Сейчас он учится на втором курсе и на последнем курсе магистратуры. Когда у него каникулы, он приезжает домой, чего ему всегда хочется. Он очень рад видеть своих родителей. Его мать готовит его любимые блюда. Его отец тоже рад видеть своего сына дома. Родители расспрашивают его о его университетской жизни. Он говорит им, что все очень милые, он также говорит им, что его выбрали в команду по крикету.

Он болтает со своей матерью о своих одноклассниках, чем обычно занимался в детстве. На следующее утро он отправляется домой на встречу с одним из своих друзей, его звали Шанка, с которым он часто играл, когда учился в школе. Они оба раньше играли в футбол. Шанка и Маршалл обычно обсуждали свои футбольные матчи в школьном автобусе, когда учились в школе.

Шанка сейчас учится в Дели; он был младше Маршалла. Его отец тоже работал в старой аптеке. В стенах были трещины, дверь была сломана, а в воздухе стоял какой-то грязный запах из-за лекарств, которые были выброшены наружу, на задний двор аптеки. Его мать была домашней хозяйкой. У Шанки были проблемы со зрением; врач посоветовал ему носить очки. Состояние его семьи было не очень хорошим; Маршалл иногда посещал аптеку, потому что Шанка обычно ходил туда в обеденное время, чтобы отдать коробку с завтраком своему отцу.

Когда Шанка увидел Маршалла после стольких дней, он был очень счастлив, он не знал, что делать. Они заговорили о своих институтах, где они оба когда-то учились; Шанка тоже приезжал к нему домой на каникулы. Теперь Шанка спросил его: "У тебя есть какая-нибудь подружка?" Маршалл сказал ему: "Нет, теперь я не верю в любовь, теперь я знаю, что она только причиняет людям боль, она не дает счастья другим. Когда я учился в школе, я привык думать, что истинная любовь - это то, что создает мир, в котором нет ничего негативного, истинная любовь - это то, что гарантирует бессмертие, но это верно не для всех, особенно для меня." Сказав это, он вышел из своего дома.

Шанка знает, что, когда он учился в школе, он любил кое-кого, кого звали Натали Джонс, девочку, которая читала в 6 классе, и единственную девочку, которая оскорбляла его.

Иногда Маршалл посещал колледж своего родного города, где он получил степень бакалавра социологии, но он никогда не хотел посещать свою школу, потому что ненавидит ее, однако он помнит свои школьные годы, но считает, что он ничего не получил от своей школы. Более того, он не хочет встречаться с Натали Джонс.

Он знает, что если встретит ее, то прошлые воспоминания вернутся в его сознание.

Он часто посещал колледж своего родного города, чтобы встретиться со своими профессорами, особенно с доктором Суджитом Сеном, он был единственным человеком, который руководил им, когда он учился в колледже. Другим профессором был дядя Маршалла, который помогал Маршаллу, если возникали какие-либо трудности.

Родители Маршалла обычно говорили ему, чтобы он очень усердно учился, а также стал хорошим человеком. Он был очень послушным ребенком. Раньше он прислушивался к тому, что говорили ему родители, но иногда спорил с ними, чего ему никогда не хотелось делать.

Это был зимний день. Маршалл отправился в колледж своего родного города, чтобы встретиться со своим старым профессором доктором Суджитом Сеном; доктор Суджит спросил его: "Как проходит ваша жизнь в университете, находите ли вы какую-либо разницу между университетской жизнью и жизнью колледжа?" Маршалл сказал: "Да, сэр, есть большая разница, прежде всего, это разница в строительстве". Когда доктор Суджит услышал это, он начал смеяться. Он сказал ему: "Тогда, что же нового ты там нашел?" Он рассказал ему о факультете, студентах, профессоре, а также о общежитии. Он и его сэр чудесно проводили время.

Когда Маршалл ушел, доктору Суджиту вспомнился тот день, когда он впервые встретился с Маршаллом. Маршалл совсем не изменился, хотя изменилось все, кроме него. Когда он читал в этом колледже, он обычно руководил им как своим братом. Стиль его речи и каждый его шаг напоминали ему о светлой стороне прошлого.

Когда Маршалл возвращался к себе домой, внезапно пошел сильный дождь. Был зимний сезон, у него не было зонта, не было ни магазина, ни дома, куда он мог бы пойти и укрыться, в этот момент он увидел приближающуюся к нему машину, которая остановилась прямо перед ним. Водитель машины сказал ему: "Приезжай, я подброшу тебя до твоего дома". Маршалл сказал: "Нет, спасибо, я справлюсь сам". Водитель сказал: "Не волнуйтесь, я вам не чужой, мы раньше вместе играли в футбол". Маршалл сказал: "Ты Бапи да". Водитель сказал: "Да, это я, заходите внутрь. Там тебя ждет твой друг. Она увидела тебя и велела мне забрать тебя на машине, иначе ты можешь заболеть под таким дождем." У Маршалла не было другого выбора, кроме как сесть в машину, потому что отец велел ему возвращаться как можно раньше. Он вошел в машину и обнаружил там Натали Джонс! Это была ее машина, девушки, которую Маршалл любил, когда учился в школе. Маршалл пообещал ей, что никогда не кончит у нее на глазах. Но когда он сел в машину, он был совершенно удивлен, увидев ее, но это была не она, она остановила машину, чтобы сказать ему что-то, чего он не знал, Натали сказала ему: "Как дела?" Затем он сказал ей: "Пытаюсь быть в порядке, каким я всегда стараюсь быть". Натали сказала ему: "Я всегда хотела извиниться за то, что сделала с тобой в школе". Маршалл сказал ей: "Я забыл все прошлые воспоминания, теперь я пытаюсь жить настоящим".

Натали сказала ей: "В тот момент, когда ты ушла из школы, я почувствовала, как сильно люблю тебя. То, что я сделал, было ошибкой, но я все еще люблю тебя".

Маршалл сказал ей: "Ты очень красивая, у тебя появится много новых друзей, и они будут намного лучше меня, когда я учился в школе, это была другая история, а сейчас все по-другому. Теперь я не верю во все эти вещи".

Услышав это, Натали сказала ему: "Однажды ты снова влюбишься в кого-нибудь, и в тот день ты узнаешь, что такое настоящая любовь, ты прибыл в свой дом. Я никогда больше не встречу тебя, я уезжаю в Англию навсегда, но я всегда буду помнить тебя. До свидания! Я действительно буду скучать по тебе".

Глава 5

Слушая ее, Маршалл вышел из машины, подошел к своему дому, где его с нетерпением ждали родители. Его отец сказал ему: "Я слышал в новостях по телевизору, что сегодня будет дождливый день. Кстати, как вы вернулись в такой сильный дождь?"

Он сказал своему отцу: "Один из моих друзей бросил меня". Его мать сказала ему: "Бог послал кого-то; это потому, что в тот раз ты был в беде". Слушая свою мать, он ничего им не сказал.

После этого он вышел из своего дома и стал наблюдать за дождем. Было 8 часов вечера, он просто наблюдал за дождем и думал о том, что в каждом природном явлении есть какая-то цель, сегодня днем и ночью идет дождь, в этом тоже есть какая-то цель. Судьба спланировала их встречу именно таким образом.

К несчастью, он встретил Натали и услышал то, чего никак не ожидал от нее. Впоследствии Натали осознала свою вину, ей было жаль его, и она также знает, что Маршалл по-настоящему любил ее, когда учился в школе. Она также знает, что даже сейчас в его сердце присутствует какое-то чувство к ней, но она была совершенно неправа. В настоящее время Маршалл - совершенно изменившийся человек. Натали все еще любит его, а он - нет, она даже извинилась перед ним за свою ошибку, но он неподвижен, как полярная звезда, которая не меняет своего положения.

На следующее утро Маршалл просыпается рано, в тот день было очень холодно. Он должен выйти на поле, потому что некоторые из его друзей, которые приехали во время каникул, сказали ему, что утром они сыграют футбольный матч. Маршалл проснулся, завязал шнурки на ботинках и сразу же отправился на поле, которое находилось рядом с его домом. Было почти 7 часов утра. Когда Маршалл шел по улицам, он вспоминал свои школьные годы, когда он обычно уходил играть на землю, не позавтракав. В тот день было очень холодно, так как стоял декабрь месяц, и через неделю ему пришлось покинуть Агарталу и отправиться в Калькутту в свой университет. Во время прогулки он думал о том, как прошли дни его школьной жизни, его колледжа, и теперь он учится в университете.

Направляясь на поле, он увидел, как Натали Джонс и ее родители садятся в машину и направляются в аэропорт. Она уезжала в Англию навсегда. Маршалл просто смотрел на нее, это был последний раз, когда он видел ее; она увидела его в этот момент и тоже смотрела на него и подошла к нему, чтобы что-то сказать, но он ушел с этого места. Маршалл посмотрел ей в лицо; у него было много вопросов, на которые до сих пор нет ответа.

Маршалл пошел на игровую площадку, все его друзья ждали его, так как он был главным игроком своей команды, и ничего не было видно из-за тумана. Он вспомнил, как, когда он учился в школе и ехал с одним из своих друзей в одном автобусе, тот сказал ему, что он играл как "Диего Мара Дона", футболист, который выступал за Аргентину, когда Маршалл был немного толстоват. Даже сейчас у него громоздкое тело. Иногда Натали рассказывала ему "ГОРБАТЫЙ болван", и ему всегда нравилось это слушать.

Матч начался. Его навыки дриблинга уже не так хороши, как в дни детства. Его скорость снизилась после того, как он покинул школу, так как он долгое время не играл в футбол; однако он забил гол и привел свою команду к победе.

После матча он пришел к себе домой. Его мать спросила его: "У тебя есть какая-нибудь подруга по имени Натали Джонс?" Услышав это, Маршалл был удивлен, а затем Маршалл спросил свою мать: "Откуда ты ее знаешь?" Его мать сказала ему: "Она дала мне письмо, чтобы я передала его тебе, она пришла сюда, чтобы встретиться с тобой, но тебя там не было. Она очень милая девушка. Сегодня она собирается покинуть Индию. Она хотела встретиться с тобой, чтобы поговорить, но тебя там не было, вы с ней учились в одной школе."

Маршалл взял письмо в руки и начал читать его;

Дорогой Маршалл,

Я уезжаю сегодня. Ты видел меня. Я хотел тебе кое-что сказать, но ты ушла. Я знаю, ты пытаешься игнорировать меня, я никогда не смогу игнорировать тебя. Ты так сильно наказываешь меня за мою вину. Я знаю, что ты не хочешь видеть мое лицо, поэтому с сегодняшнего дня ты никогда не увидишь меня, потому что я уезжаю очень далеко от тебя, но, как я уже говорил тебе ранее, я всегда буду помнить тебя и всегда буду любить.

От Натали Джонс

Маршалл прочитал письмо и задумался, почему с ним всегда происходят такие вещи. На этот раз, когда он хотел забыть ее, она снова вернулась в его жизнь, прося прощения за свою вину. Теперь она уезжает навсегда, и он не смог встретиться с ней, этого хотел от него Бог.

На следующее утро Маршалл встал рано, на следующий день он должен был покинуть Агарталу, столицу Трипуры, и отправиться в Калькутту в свой университет. Там он должен пройти дополнительный предмет под названием "драматургия", который посоветовал ему пройти его отец. Но он не хочет браться за это дело, потому что этот предмет посвящен драме Уильяма Шекспира, в которой речь идет только о любви, которая ему не нравится. Его отец постоянно говорит ему, чтобы он изучал этот предмет, но он постоянно говорит своему отцу, что не будет изучать этот предмет. Таким образом, между ним и его отцом возник конфликт.

Внезапно к нему домой пришел один из его дядей. Он живет по соседству. Его звали мистер Раттан Дев. Раньше он приходил к нему домой, чтобы поговорить со своим отцом, сейчас он на пенсии.

Когда он был молод, он был футболистом и раньше играл в футбол за сборную штата. Он был одним из самых выдающихся игроков и привык играть в обороне. Когда Маршалл учился в школе, он брал кое-какие футбольные советы у своего дяди.

Когда мистер Раттан пришел к нему домой, он спросил его: "Как дела, Маршалл? Когда я подходил к вашему дому, я услышал снаружи, что вы с отцом так громко кричали. Что-нибудь не так?".

Его отец сказал мистеру Раттану: "Я сказал ему сдавать драматургию, это дополнительный предмет, и он может очень легко получать оценки, но он не хочет сдавать его, я не знаю почему". Мистер Раттан сказал Маршаллу: "Я должен сказать вам одну вещь. Это действительно очень лёгкий предмет; вы получаете степень магистра по социологии, но не по драматургии. Изучайте драматургию только для того, чтобы получать оценки, и сосредоточьтесь на социологии, потому что это откроет перед вами большие карьерные возможности".

После этого Маршалл решил заняться этой темой.

Мистер Раттан и его жена обычно останавливались неподалёку от Маршалл-хауса. У них не было детей. Они относятся к Маршаллу как к собственному ребёнку. Маршалл тоже их очень любит; жена мистера Раттана была учительницей в школе, где Маршалл раньше учился. Иногда Маршалл приходил к ним домой и занимался.

Сегодня Маршалл должен покинуть Агарталу и отправиться в Калькутту. Он получил благословение своих родителей, а также дяди и тёти и отправился в аэропорт.

Глава 6

Через 45 минут он добрался до Калькутты.

Затем он отправился на железнодорожную станцию Ховра, чтобы понаблюдать за прибытием и отправлением поездов, что он любит делать, когда приезжает в Калькутту. Он был

наблюдал за поездами, которые прибывали и отходили от платформ, и наблюдал за поездами и людьми, которые отправлялись в отпуск. Он обнаружил глубокую жизненную истину о том, что большинство людей предпочитают деятельность отдыху.

С другой стороны, судя по движению и звукам поезда, он думал о том, что наша жизнь подобна поезду, который движется и движется, но никто не знает, когда он остановится.

Наблюдая за отцом шестилетнего ребенка, он заново открывает для себя настоящую любовь и привязанность. Он думал о своих матчах по крикету и футболу. Иногда некоторые из них делали ставки на матчи. Он обнаружил, что когда цель денег затрагивает любую игру, удовольствие от нее теряется. Маршалл сидел на платформе. Было 4 часа дня, и он думал о своих прежних временах. Он вспомнил стихотворение, которое читал, когда учился в колледже в своем родном городе, которое он прочитал, когда учился на втором курсе бакалавриата; стихотворение называлось "Дерево казуарины". Это было очень эмоциональное стихотворение, написанное Тару Даттой. Это стихотворение посвящено воспоминаниям об утраченных счастливых днях. У поэта были брат и сестра. Брат рано умер, потом умерла и сестра. Дерево стояло как напоминание о потерянных брате и сестре.

Шел дождь; одна вещь приходит ему в голову. В такой дождливый день, когда он был в школе, он обычно подшучивал над Натали Джонс в школьном автобусе. Это был сезон дождей, который ей нравился больше всего и который ему не нравился, и день, когда она оскорбила его и назвала скучным, тоже был дождливым днем.

В этот момент к нему подошел мужчина. Ему было почти 50 лет. Он подошел к нему и сел рядом, он был очень высоким, почти 6 футов, с большими глазами и бородой на лице. Он подошел к нему и спросил: "Как тебя зовут?"

Маршалл сказал ему: "Я Маршалл Рой". Мужчина сказал ему: "Меня зовут Джеймс Легато, и раньше я преподавал историю в государственной школе в Сантиникетане, но сейчас я на пенсии. Я думаю, вы часто бываете здесь, чтобы посмотреть на поезд". Маршалл сказал: "Откуда ты это знаешь?" Джеймс сказал: "Раньше я приходил на железнодорожную станцию, когда у меня было время посмотреть на поезда и людей, так же, как и ты. Вы учитесь в Калькуттском университете?"

Маршалл сказал: "Да, в Калькуттском университете я получаю степень магистра социологии". Джеймс сказал: "Отличный выбор! Я вижу, что сейчас очень мало молодых людей, которые серьезно относятся к своей жизни. Очень немногие хотят найти истинную цель жизни, и есть много молодых людей, которые не слушают своих родителей. Они просто делают бессмысленные вещи так, как им хочется. Я знаю, что мои родители потратили много денег на мое образование, чтобы сделать из меня идеального человека. Они были действительно великолепны. Когда я учился в университете, все мои друзья ходили в ночные клубы и бары, куда я терпеть не могу ходить.

После женитьбы на девушке, которая читала в моем колледже, мы долгое время оставались вместе, наша жизнь была счастливой. Ее звали Рози. Она нашла мне хорошего мужа. Но позже она нашла во мне скучного мужа. А теперь мы в разводе. Мои родители остановились у меня. Я должен заботиться о своих родителях."
Маршалл сказал ему: "Ты больше не женился". Он сказал: "Нет, я женился на ней, это была моя вина, была одна девушка, которую я любил, когда учился в колледже, и она читала в школе, она тоже очень любила меня, но через несколько дней она умерла из-за болезни". Маршалл молчал, слушая его. Рассказывая все это, Джеймс сказал Маршаллу: "Я думаю, тебе сейчас следует уйти,

потому что сейчас очень темно. Может пойти дождь. Было приятно с вами побеседовать. Надеюсь, мы еще встретимся".

Он поговорил с этим человеком и направлялся в университетское общежитие.

Шел дождь. Вокруг него не было никакого транспортного средства. Он достал свой зонтик. В этот момент перед ним остановилась машина. Из машины вышла женщина. Она сказала ему: "Можно я тебя подвезу?" У Маршалла нет выбора. Он спросил этих женщин: "Как вас зовут и откуда вы пришли?" Похоже, что эта женщина была не из Индии. Она сказала ему: "Я думаю, вы читали в Калькуттском университете, я ваш новый профессор драматургии, и я приехала сюда из России всего два месяца назад". Маршалл спросил ее: "Как тебя зовут?" Она сказала: "Меня зовут Люси Мания, и вы пришли в свое общежитие. Кстати, ты ходила на театральные постановки?" Маршалл сказал: "Да'. Мисс Люси сказала: "Вам нравится этот предмет? Я также знаю, что вы изучаете социологию." Маршалл сказал ей: "Да, я изучаю социологию, но мне не нравится драматургия. Я взял его, потому что мои родители заставили меня взять его". Мисс Люси спросила: "Почему вам это не нравится?" Он сказал: "Это потому, что в нем речь идет о любви, романтике и так далее". Мисс Люси спросила: "Почему вам все это не нравится?" Он сказал: "Мадам, мне пора уходить".

Мисс Люси сказала: "Хорошо, ты пытаешься сбежать, но помни; завтра твой урок начинается с предмета, который тебе не нравится, так что увидимся завтра на занятиях".

Маршалл вышел из машины и направился в свое общежитие. Мисс Люси думала о нем. Она подумала, что, возможно, в его жизни произошел какой-то трагический инцидент, и именно поэтому он говорил все эти вещи. Впервые в своей жизни она встретилась с кем-то, кто относится к любви негативно".

На следующее утро он проснулся рано и пошел на занятия, его первое занятие по драматургии было в 3 часа дня. До того, как он закончил свои занятия по социологии, в этом университете было много студентов, приехавших учиться из-за границы; среди них была девушка по имени Адриана Джонсон. Она была всего лишь девочкой с рыжеватыми волосами среди всех его одноклассников, она была из Америки.

Маршалл ходил на этот урок. Это было его первое занятие. Войдя в класс, он был совершенно потрясен, увидев своих одноклассников. Он говорил себе: "Мне даже не следовало выбирать драматургию в качестве дополнительного предмета". Он просто стоял там как незнакомец. С другой стороны, он был самым низкорослым парнем среди всех, его рост составлял 5 футов 5 дюймов. По этой причине он всегда говорил своей матери, что злится, когда видит любую девушку выше себя, хотя Натали Джонс была немного выше его; он был в очень грустном настроении.

Глава 7

Мисс Люси вошла в класс; она увидела, что Маршалл стоит снаружи. Она привела его в комнату и велела ему сесть рядом с Адрианой, Маршалл подошёл и сел рядом с ней, и она сказала одному из его друзей: "Я раньше смотрела здесь так много мультфильмов". Маршалл услышал это, но ничего не сказал.

Он только что пришёл в этот класс после окончания курса социологии, там все его друзья были из разных штатов, из Индии, а также из других стран, но здесь он не знал, как приспособиться к ним. Он оказался в ужасной ситуации.

Через несколько минут занятие началось, мисс Люси задала всем вопрос: "Когда рождается любовь? Есть ли у кого-нибудь из вас хоть какое-нибудь представление о любви?" У всех были разные взгляды на любовь, и тогда мисс Люси спросила Маршалла. "Я хочу, чтобы вы кое-что сказали, - сказал Маршалл. - Мадам, я не имею ни малейшего представления об этом предмете, но я знаю одно: любовь причиняет боль". Слушая его взгляды на любовь, все были удивлены, даже мисс Люси. Мисс Люси сказала: "Сынок, твой взгляд на любовь совершенно неверен, ты знаешь, что настоящая любовь представляет собой мир, в котором нет ничего негативного, настоящая любовь - это такой опыт, который забирает всю боль и страх. Истинная любовь гарантирует бессмертие"?

Слушая всё это, Маршалл сказал своему учителю: "Если нет настоящей любви, то что тогда произойдёт? Ты говорил о настоящей любви, но теперь в этом мире настоящей любви больше нет. Теперь любовь рождается с целью получить, а не отдавать что-либо. Теперь мы можем видеть, что девочка любит мальчика, или мальчик любит девочку, видя в нём качества, независимо от того, очень ли он популярен или у него много денег, они не видят, что он за человек на самом деле, в этом и заключается суть любви". Мисс Люси сказала: "Нет, сынок, это неправильно. Есть настоящая любовь". Маршалл сказал: "Теперь дневная любовь сменилась вожделением. Вот это настоящая похоть." Мисс Люси спросила: "О чем ты говоришь, Маршалл?" Маршалл сказал: "Я знаю, что говорю, я говорю на жаргоне. Но мы все достаточно зрелые, чтобы понять реальные факты жизни, которые дадут нам истинное знание". Мисс Люси сказала: "Это не истинный вид знания". Маршалл сказал: "Может быть, для нас или для вас, мадам, но не для других, кто хочет физической близости, я вижу, что сейчас, когда мир занят сексом и порнографическими видео, секс - это драма здесь, в современном мире".

Слушая его мнение о любви, класс молчал, даже мисс Люси. Она сказала ему: "Ты видел только фальшивое лицо любви, но не истинное лицо любви, сынок, но однажды ты познаешь глубокую истину любви".

Урок закончился. Маршалл направлялся в общежитие, в этот момент Адриана подошла к нему и сказала "прости" за то, что она рассказала о нем в классе. Маршалл сказал ей: "Все в порядке, у каждого есть своя точка зрения, и они должны говорить о том, что они чувствуют, но иногда вы должны знать, что не все люди одинаковы в этом мире. Кому-то может быть хорошо, а кому-то плохо, но, пожалуйста, никогда не пытайтесь никому причинить боль".

Сказав это, Маршалл пошел в свое общежитие, но Адриана стояла там и просто наблюдала за ним и слушала его, она думала, почему она не встретила его раньше, она не встречала такого парня раньше в своей жизни. Она начала восхищаться им.

На следующее утро он проснулся рано и отправился на площадку своего университета, чтобы попрактиковаться в крикете. Он делает это каждый день, потому что скоро состоится матч по крикету между его факультетами социологии и психологии. Он является первым игроком с битой в своей команде.

В этот момент мисс Люси направлялась к Маршаллу, было воскресенье, и она хотела пригласить Маршалла к себе домой на обед.

Маршалл не хотел уходить, но должен был уйти. Если он скажет "нет", она может почувствовать себя плохо. Мисс Люси сказала: "Вы с Адрианой подружились, я видела, как вы с Адрианой разговаривали друг с другом. Ты знаешь, сынок, что она дочь моей сестры, она живет в общежитии, которое предназначено для студентов, приезжающих в этот университет из-за границы." Маршалл сказал: "Мы еще не друзья, я приду к тебе домой на обед".

Сказав это, он пошел в свое общежитие, мисс Люси подумала, что если бы они с Адрианой могли подружиться, то это потому, что у нее не так много друзей и она не любит общаться с людьми, и по этой причине мать Адрианы отправила ее сюда учиться.

Маршалл отправился в свое общежитие после окончания тренировки; сегодня было почти 11 утра, его тренировка по крикету затянулась надолго, потому что было воскресенье. Когда он вошел в свое общежитие, его друг Джон передал ему письмо от его дяди Раттана Дэва. Маршалл взял письмо в руки и начал читать его;

Дорогой Маршалл,

Я надеюсь, с тобой все в порядке, у нас здесь все в порядке, твои родители очень беспокоятся о тебе, они всегда пытаются поговорить с тобой по телефону, но линия всегда занята, и поэтому поговорить с тобой не удалось. Твоя тетя сейчас не очень хорошо себя чувствует, она тоже спрашивала меня о тебе. Теперь она даже не может ходить в школу из-за своей болезни. Когда вы приедете на каникулы, мы подробнее поговорим о футбольных матчах, которые мы обсуждали ранее. Позаботьтесь о себе. До свидания!

Твой дядя

Прочитав письмо, он некоторое время молчал, он знает, что очень скучает по своим родителям, но его мать сказала ему: "Тебе придется много бороться, чтобы стать очень хорошим и очень образованным человеком. В то время, когда он учился в школе, он не был так серьезен в учебе. Он просто проводил свое время в спорте, его мать очень беспокоилась за него, она всегда говорила ему хорошо учиться, но он никого не слушал. Когда он поступил в колледж, который находился в его родном городе, чтобы получить степень бакалавра, это стало поворотным моментом в его жизни; он начал понемногу поправляться.

Он очень любит своих родителей в этом мире и всегда старается сделать их счастливыми. Он просто сидел в кресле и просто думал о своих родителях. Что они делали и как у них дела? Он хочет вернуться в свой родной город, чего сейчас не может сделать. Молодой парень 25 лет повидал много трудностей в своей жизни и также должен увидеть это в будущем.

Было 12 часов дня, а в 2 часа дня ему нужно было идти обедать к своей учительнице мисс Люси.

Его сосед по комнате Джатин сказал ему: "Ты пойдешь обедать к Люси домой". Маршалл сказал: "Откуда ты знаешь?" Джон сказал: "Один мальчик сказал мне, я думаю, ты пойдешь в 2 часа дня. Пойдем, поиграем в шахматы."

Джатин достал свою доску и пешки, они начали играть в шахматы, а на улице пошел дождь. Джатин рассказывал Маршаллу свою историю о своих родителях и о девушке, которую он когда-то любил. Джатин сказал ему: "Когда я учился в колледже, получая степень бакалавра истории в моем родном городе Пенджаб, я влюбился в девушку, которая обычно останавливалась рядом с моим домом. Я любил ее и раньше, когда учился в школе. Она училась в моей школе и читала на моем уроке, я всегда боялся сказать ей об этом, но однажды она прочитала мой дневник, где я обычно записывал свой жизненный опыт. Она прочитала мой дневник и узнала о моих чувствах к ней. Я был совершенно потрясен. Что бы она теперь сделала? Но она пришла ко мне и сказала, что тоже любит меня". Маршалл сказал ему: "После этого произошло то, что произошло". Джатин сказал: "Я был действительно удивлен, что это был замечательный опыт в моей жизни". Маршалл сказал: "Где она сейчас находится и как ее звали?" Джатин рассказал: "Ее звали Пуджа Сингх, сейчас она в Бомбее. Она там учится и иногда присылает мне письма, спрашивая, как у меня дела".

Маршалл задумался. Какая замечательная история любви! Пусть Бог благословит их, чтобы в будущем они могли жить счастливой и мирной жизнью.

Глава 8

Было почти два часа дня, и ему пора было идти в дом мисс Люси, который находился недалеко от университета. Маршалл вышел из своего общежития и направлялся к дому мисс Люси. Шел небольшой дождь, Маршалл взял свой зонтик из общежития, потому что знал, что дождь пойдет снова.

Когда он направлялся к дому мисс Люси, он думал о своем друге Джатине, который любил одну девушку, и его любовь была успешной, Джатин был очень удачливым человеком, чья любовь обрела смысл, и надеюсь, что в будущем она примет правильное направление, но есть люди, которые любят кого-то, но в ответ на это он не получает любви, но получает оскорбления и домогательства, и Маршалл попадает в эту группу.

Маршалл подошел к дому мисс Люси и позвонил в дверь. Адриана открыла дверь; он был удивлен, увидев Адриану. Адриана сказала ему с улыбкой на лице: "Я долго ждала тебя". Маршалл сказал: "Вы здесь, я действительно удивлен видеть вас здесь". Она сказала: "Я тоже приглашена на обед".

Адриана впервые встречает мальчика, который так добр сердцем и душой, однако ей не нравилось общаться с людьми, а также ей не нравилось заводить друзей, но у нее есть способность узнавать людей. Действительно, очень трудно поверить, что у такой красивой девушки нет друзей. она всегда любит оставаться одна.

В этот момент к ним подошла мисс Люси и сказала: "Маршалл, ты пришел, я и Адриана долго ждали тебя, пойдем, дай нам закончить обед".

Маршалл подошел к обеденному столу вместе с Адрианой, там он увидел, что мисс Люси приготовила такие блюда, которые готовила для него его мать, блюда, которые он любил больше всего. Когда он увидел еду, его мысли вернулись в его дом, к его матери. Мисс Люси сказала ему: "Я приготовила для тебя много блюд, потому что знала, что ты любишь много есть". Когда она рассказала, что Маршалл думал, когда он учился в школе в 12 классе, что в то время он был немного жирноват, даже сейчас не очень, в то время он тоже был жирноват, один из его учителей сказал ему есть меньше, потому что он часто ходил в туалет. Они обедали, Адриана просто смотрела на Маршалла, и мисс Люси могла понять, что он нравится Адриане, мисс Люси спросила Маршалла: "Как сейчас поживают твои родители"? Однажды Маршалл сказал мисс Люси, что в его доме жили его родители, и он живет со своей бабушкой, но она умерла десять лет назад. Маршалл сказал: "С ними все в порядке, но они действительно скучают по мне, я тоже очень скучаю по ним, я всегда помню то время, когда моя мать ругала меня, но теперь она не может ругать меня, я тоже очень хочу получить от нее нагоняй, она очень беспокоится обо мне, мой отец дал мне все чего я хотела, он не думал сам, но одно я не смогла сделать счастливыми своих родителей". Слушая его, Адриана сказала ему: "Когда придет время, ты заставишь своих родителей гордиться тобой, но когда ты добьешься успеха в своей жизни, ты не забудешь нас".Маршалл покончил со своим обедом и пошел вымыть руки в умывальную комнату. Когда он пошел в умывальную, мисс Люси сказала Адриане: "Этот мальчик слишком много страдал в своей жизни, я впервые вижу такого хорошего и вежливого мальчика, и я знаю, что ему придется много бороться в будущем". Адриана сказала: "Да, когда я впервые увидела его, его невинное лицо привлекло меня, я нашла в нем настоящего человека". Мисс Люси сказала: "Я думаю, ты в него влюбилась". Адриана сказала: "Нееет, я так не думаю".

Мисс Люси сказала ей: "Я знаю тебя с детства и могу понять, что у тебя на сердце и на уме". Адриана чувствовала себя очень застенчивой, она сказала мисс Люси: "Я должна сейчас уйти, завтра мне нужно сдать задание". Мисс Люси сказала: "Пытаешься сбежать, хорошо, иди сейчас, завтра встретимся после занятий".

Адриана шла в свое общежитие и думала о том, не влюбилась ли она в Маршалла. С другой стороны, Маршалл был в доме мисс Люси, он был готов отправиться в общежитие, но в этот момент начался дождь, это действительно был очень сильный дождь.

Мисс Люси сказала ему: "Ты остаешься здесь, когда дождь прекратится, ты пойдешь в свое общежитие". У Маршалла нет другого выбора, кроме как остаться там в тот момент, когда он увидел фотографию мисс Люси с игроками команды по регби, которая была установлена в ее гостиной. Он спросил ее о картине. Мисс Люси сказала ему: "Когда я поехала в Англию, чтобы встретиться со своим братом, он был тренером по регби в Ливерпульском университете, в тот раз я сделала эту фотографию, я не хотела делать, но младший брат заставил меня сфотографироваться с его командой".

Когда Маршалл услышал ее историю, он вспомнил одну вещь: когда он учился в школе в 12 классе, ему очень хотелось поиграть в регби, но у него не было возможности поиграть, потому что в Индии в эту игру не играли. Он часто рассказывал своим друзьям об этой игре, и им она тоже очень нравилась. Был один мальчик, которого звали Индранил. Однажды Индранил смотрел матч по регби по телевизору, он увидел, что у регбистов телосложение такое же, как у Маршалла, но они выше его.

В этот момент мисс Люси спросила его: "Вы знали Маршалла, Адриана говорила о вас, она выглядит очень стильно, но дело в том, что она очень застенчивая". Маршалл сказал: "Почему она беспокоилась обо мне?" Мисс Люси сказала: "Я не знаю".

Одним из важных качеств мисс Люси является то, что она очень дружелюбна по отношению к своим ученикам. Она очень квалифицированный человек, и это качество сближает ее со своими учениками. Она относится к своим ученикам как к собственным детям, поскольку ей 45 лет и она не замужем.

Мисс Люси говорила ему: "Ты знаешь, что Адриана из Соединенных Штатов". Маршалл сказал: "Я знаю это". Мисс Люси сказала ему: "Ты знаешь, что у нее нет друзей, она не хочет заводить друзей, иногда ее мать очень беспокоится о ней, когда ее мать была на втором месяце беременности, ее отец бросил ее мать. Ее мать была совсем одна, иногда она прибегала к моей помощи. Я знаю ее с детства."

Маршалл сказал мисс Люси: "Дождь только что прекратился, я должен уйти, пока он не начался снова". Мисс Люси сказала: "Помни, что завтра у тебя урок

Завтра на уроке драматургия."

Маршалл направлялся в общежитие, он увидел слепого мужчину, который пытался перейти дорогу, он предпринял несколько попыток перейти дорогу, но ему не удалось перейти дорогу, тогда он собирался помочь ему, но в этот момент он встретил человека, который подошел и помог слепому перейти дорогу. переходи дорогу. Он обнаружил, что в этом мире, где полно печали, есть также свет надежды, мы должны надеяться на что-то хорошее в нашей жизни.

Мужчина подошел к нему и сказал: "Вы студент Калькуттского университета?" Маршалл сказал: "Да, это я". Мужчина сказал: "Я профессор Судип Сен, я новый профессор фонетики в этом университете".

Они оба пожали друг другу руки. Судип сказал ему: "По какому предмету ты получаешь степень магистра". Маршалл сказал: "Социология". Судип сказал: "Очень хороший предмет, я из Ассама, я получил степень магистра в этом университете, мой дом в Ассаме, вы когда-нибудь бывали в Ассаме". Маршалл сказал: "Да, когда я был ребенком, там жили многие из моих родственников, я приехал из Агарталы, я попрощался со своим общежитием". Судип попросил его: "Ты остаешься в общежитии; я встречусь с тобой завтра, до свидания".

На следующий день, в понедельник утром, Маршалл пошел на свой урок социологии, и в этот момент он увидел Адриану, которая собиралась пойти на свой урок. Адриана увидела его и позвала, Маршалл услышал ее зов, но пытался игнорировать ее, но ему это не удалось, Адриана подошла к нему и спросила: "Как вчера кормили в доме мисс Люси"? Маршалл сказал очень тихим голосом: "Все было в порядке, я опаздываю на урок", - сказала ему Адриана. "Подождите, мисс Люси велела мне передать вам, что урок в 3 часа дня". Маршалл сказал: "Я знаю". Говоря это, он направлялся в класс. Адриана думала, что она ему не нравится, по этой причине он не хочет с ней разговаривать, но на самом деле она призналась, что очень сильно любит его, но у нее не хватает смелости сказать ему, что это потому, что если он разозлится.

Маршалл закончил свои занятия по социологии, теперь он собирался на урок драматургии, он пошел на этот урок и сел рядом с Адрианой, Адриане было всего 22 года, и она приехала из США, а там система образования намного отличается от индийской. В 22 года она поступила в университет девушкой, которая в очень юном возрасте повидала в своей жизни много взлетов и падений.

Через несколько минут в класс вошла мисс Люси. Она сказала всем: "Сразу после летних каникул состоится поездка в Шимлу, все студенты поедут в Шимлу из этого класса, я уже поговорила с высшими должностными лицами, они также приняли мое предложение, эта поездка в Шимлу станет самым захватывающим опытом для всех, в основном для студентов, которые приехали. из-за границы."

Рассказав все это, она начала урок, но в этот момент пришло время уходить, после чего мисс Люси сказала: "Видите, как мне повезло, я думала, что проведу урок с вами сегодня, но время вышло, так что завтра я проведу урок с вами".

Маршалл вышел из класса, Адриана спросила его: "Ты когда-нибудь бывал в Шимле". Маршалл сказал: "Нет", Адриана сказала: "Я слышала, что Шимла - очень красивое место". "Я думаю, да", - сказал ей Маршалл. Она сказала ему: "Вечером ты свободен, давай сходим в парк, который находится рядом с нашим университетом, Маршалл сказал ей: "Нет, не сегодня, завтра у меня экзамен, я должна готовиться к нему", Адриана сказала ему: "Хорошо, удачи тебе на экзамене". Маршалл ушел. Адриана думала, что если она пригласит кого-нибудь пойти с ней в парк или в какое-нибудь другое место, то другим людям будет очень интересно пойти с ней, никто не сможет ей отказать, но она нашла в Маршалле настоящего друга, настоящего человека, с которым она может провести всю свою жизнь. жизнь.

Маршалл пошел в свое общежитие, достал учебник по социологии и начал читать главу по социальной антропологии, он достал главу о религии, по которой он хочет получить докторскую степень, если у него будет такая возможность, о чем он мечтал, когда впервые выбрал социологию в качестве своего предмета. Однажды он рассказал об этом одному из своих родственников, когда получал степень бакалавра по социологии

в колледже своего родного города. Его родственник, он был бывшим профессором; он оскорбил Маршалла на глазах у всех. Маршалл - мальчик, которого оскорбляли на каждом шагу в его жизни, будь то в школе, дома или во время обучения. Он потерял 3 года своей жизни на трех уроках. Он начал читать свою главу.

Глава 9

Религия как система верований,

Религия состоит из верований и практик. Антропологи всегда сходились во мнении о важности этих практик, но их отношение к верованиям в разное время было очень разным. В девятнадцатом веке считалось, что верования существовали сначала как наивная интерпретация опыта, а религия строилась на них. Затем наступила фаза, на которой практики рассматривались как исключительно важные, а убеждения считались возникшими для оправдания практики. Сегодня, хотя мы и не вернулись к интерпретации религии девятнадцатого века как продукта ошибочных рассуждений, мы признаем, что у каждого общества есть свое "мировоззрение". И что в обществах, не имеющих традиции экспериментальной науки, это формулируется в форме религиозной догмы.

Дюркгейм был первым писателем о первобытной религии, который был признанным неверующим и, таким образом, рассматривал все верования на одном уровне в зависимости от их истинности или ложности. Тайлор и Фрейзер, хотя и не придерживались определенных теологических взглядов, считали, что некоторые верования более истинны, чем другие, и, следовательно, также превосходят другие, более "продвинутые", с них начинается попытка разделить типы поведения, направленные против сверхъестественных сущностей и сил, на религиозные и магические. Это можно было бы назвать популярной классификацией, в ощущение, что в свое время, как и сегодня, люди, которые были уверены в истинности религии, были в равной степени уверены в ложности магии. Тайлор и Фрейзер тоже были заинтересованы в том, чтобы этот вопрос не задавали, как это было не свойственно Дюркгейму по отношению ко всей религии.

Прочитав эти несколько строк, он заснул, но буквально через 15 минут снова начал читать свою главу ;

Большинство предыдущих глав были посвящены способам достижения социальных целей с использованием очень ограниченных методов - как можно иметь правительство без официального аппарата, или закон без полиции, или экономику без денег - и было бы разумно сказать, что они проиллюстрировали рудиментарные формы обсуждаемого института Антропологов очень интересовали рудиментарные формы религии, но поскольку религиозные практики не очень тесно коррелируют с уровнем развития технологий, они обычно оценивали то, что является рудиментарным, по другим критериям: для Тайлора и Фрейзера критерием был интеллектуальный, чем более ошибочными были идеи, на которых он основывался, тем более рудиментарной должна быть религия Дюркгейм придерживался другой точки зрения, когда говорил о первоначальной форме всякой религии, потому что методы австралийских аборигенов являются самыми рудиментарными из известных нам, из всех его предшественников, которые думали о религии как об идее, которая в какой-то момент осенила простые умы.

Он просто учился и учился, но его очень клонило в сон, также он спал несколько часов ночью, он проснулся в 12 часов ночи, чего он терпеть не может, и начал готовиться к экзаменам, он взял еще один урок для изучения, он был о тотемизме и табу.

Тотемизм

Если нечто, называемое тотемизмом, действительно является одним из основных социальных институтов, то должна быть возможность определить его сущность таким образом, чтобы ее можно было распознать во всех различных формах, которые оно принимает. Но это просто оказалось неосуществимым. Это слово иногда использовалось как техническое название предполагаемой особой ассоциации, включающей ритуальное поведение между определенными социальными группами. Но дух-хранитель североамериканских индейцев не принадлежит социальной группе; он принадлежит индивидууму, который увидел его во сне. В целом это правда, что члены группы ассоциируются таким образом с поклонением животным. В подавляющем большинстве случаев группы, связанные с животными, являются достойными группами. Но это не всегда так, в некоторых случаях группы, связанные с видами животных, являются приличными группами, но это не всегда так; в некоторых частях Австралии у женщин есть общие тотемы. Подавляющее большинство приличных групп, связанных с видами животных, экзогамны, но не у всех экзогамных групп есть тотемы. Кроме того, как уже упоминалось, несколько групп одностороннего происхождения, у которых действительно есть тотемы, не навязывают строго экзогамию

После этого он начал читать о табу;

Табу бывает трех видов: защитное, продуктивное и запретительное Табу, связанные с процессом культивирования, считаются продуктивными, например, удержание женщин, детей, а в некоторых случаях и мужчин подальше от определенных мест; действия и объекты являются защитными; и те, которые изолируют человека или ограничивают контакт с ним или с ней, как это обычно бывает. действия, совершаемые в отношении вождя, священника, мага или менструирующей женщины, призваны быть запретительными в том смысле, что они запрещают лицу, на которое наложено табу, причинять вред другим. Защитные и запрещающие табу - это почти одно и то же

Его глаза раздражали, он думал, что какое-то время отдохнет, но после этого изменил свое решение и снова начал учиться.

На следующее утро время его экзамена было в 10 утра, он собрался и пошел в университет сдавать экзамен, он получил лист с вопросами, он нашел все, что изучал, он получил все общее, он был очень счастлив, что сдал экзамен, и когда прозвенел звонок, он вышел из экзаменационного зала. Когда он направлялся в общежитие, он встретил Адриану, она спросила: "Как прошел твой экзамен?" Он ответил: "Все было в порядке". Он пытался уйти, он не хотел с ней разговаривать, так как собирался уходить. Адриана сказала ему: "У меня есть два билета в кино, которое начинается в 2 часа дня, не хочешь пойти со мной? Маршалл сказал: "Я бы хотел пойти, но у меня есть еще кое-какая личная работа". Адриана сказала: "Ты не беспокойся о деньгах, у меня есть деньги". Маршалл сказал: "Это не проблема денег, я должен встретиться с одним моим профессором, он сказал мне встретиться с ним сегодня". Адриана сказала, что все в порядке".

Когда он пришел в общежитие, его друг Джатин сказал ему: "Ты знакомишься с Адрианой", "Почему"? Маршалл ответил. Джатин сказал ему: "Адриана пришла сюда, чтобы встретиться с тобой; она планировала пойти с тобой в кино, которое состоится в 2 часа дня, она пришла сюда в новом платье, которое она принесла с рынка, которое она планировала надеть, когда она пойдет с тобой в кино, она она планировала это давно, она также рассказала мне о героях фильма, это был фильм Сэмми Капура, он был ее любимой звездой, и она также сказала мне, что была очень взволнована возможностью посмотреть фильм с вами".

Маршалл думал, что то, что он сделал, было неправильным, он после того, как подопечные поняли, что девушка, которая причинила ему много боли, он просто проигнорировал ее, но после этого он подумал, что то, что он сделал, правильно, он не хочет тратить свое время на всю эту бессмыслицу и надеюсь, что будет меньше активности.

Было утро пятницы. Маршалл пошел на свой урок после того, как закончил занятия по социологии, он пошел на занятия по драматургии. Он занял свое место рядом с Адрианой, которое было его постоянным местом. Мисс Люси вошла в класс и начала вести урок. Адриана просто смотрела на Маршалла, но Маршалл обращал внимание на своего учителя. В этот момент Маршалл увидел из окна, что мать сидит со своим 5-летним ребенком на пешеходной дорожке и выпрашивает еду. Маршалл сказал мисс Люси: "Мадам, могу я сходить в туалет? Мисс Люси дала ему разрешение и велела возвращаться пораньше.

Маршалл вышел со своего занятия, пошел в общежитие, взял тарелку риса, немного овощей и бутылку воды, подошел к матери, которая сидела на пешеходной дорожке со своим ребенком, и отдал ей еду. Адриана увидела, что он делает, и с того дня Адриана начала уважать его больше, чем раньше, в тот день Маршалл не обедал.

Маршалл вернулся в свой класс и пытался обратить внимание на своего преподавателя. Через несколько минут урок закончился, Маршалл вышел и просто сидел в парке, который находился на территории университета. Он не пошел обедать в свое общежитие, потому что знал, что не сможет пообедать.

В этот момент Адриана подошла к нему и принесла какой-то бутерброд для него. Маршалл сказал: "Я закончил свой обед". Адриана сказала ему: "Мисс Люси велела мне дать тебе немного еды, потому что она видела, чем ты занимаешься". Маршалл взял бутерброды и доел свой ланч. Адриана солгала ему, потому что знала, что если она скажет ему, что принесла это для него, то он никогда этого не примет.

Маршалл, покончив с обедом, отправился в свое общежитие. Адриана направлялась в общежитие. Мисс Люси видела, как она передавала это Маршаллу; она подошла к Адриане и пригласила ее пообедать с ней у нее дома. Адриана сказала: "Нет, я не чувствую голода. Мисс Люси сказала ей: "Пожалуйста, я буду чувствовать себя очень счастливой". Адриана сказала: "Пойдем".

После того, как они пообедали, Адриана отправилась домой к мисс Люси на ланч. Мисс Люси сказала ей: "Передай Маршаллу, что в субботу вы оба приглашены ко мне домой на ужин".

Адриана не рассказала в тот день ничего особенного". Мисс Люси сказала ей: "Это сюрприз для вас обеих". На следующее утро Маршалл проснулся рано, он пошел на игровую площадку для тренировки перед матчем по крикету, который должен был состояться на следующий день. Адриана подошла к нему и сказала: "Маршалл, у тебя завтра матч". Маршалл сказал: "Да, тебе нравится крикет". Адриана сказала: "Я люблю крикет". Маршалл сказал: "Завтра наш матч". Адриана сказала: "Я знаю это, поэтому я пришла сюда, чтобы пожелать вам удачи в вашем матче, а также сказать, что мисс Люси пригласила вас на ужин завтра в 7 часов вечера у себя дома". Маршалл спросил ее: "Почему что-то особенное"? Адриана сказала: "Это сюрприз". Маршалл сказал: "Я приду завтра, до свидания".

Глава 10

В тот день, когда в жизни Адрианы все изменилось, в тот день она была счастлива, как никогда раньше. Причиной ее счастья был Маршалл, она никогда не видела, чтобы Маршалл разговаривал с ней так дружелюбно, о чем бы она ему ни рассказывала, а он давал ответы на все вопросы. Раньше он не обращал на нее внимания, но теперь все по-другому, тот день был чудесным и самым драгоценным в ее жизни.

В субботу, в день, которого Маршалл ждал с нетерпением, потому что сегодня был матч по крикету. Матч по крикету был в 10 утра, до матча оставалось по крайней мере 1/2 часа, он не хотел тренироваться, потому что тренировался так много дней. Он попросил разрешения у своего тренера и отправился в университетскую библиотеку. Тренер сказал ему: "Ты можешь идти, но приходи до 10 утра". Маршалл отправился в библиотеку, где неожиданно встретил доктора Эшса Рэя, очень строгого профессора. Доктор Эш сказал ему: "Как дела? Маршалл ответил: "Я в порядке, мадам". "Сегодня ваш матч по крикету", - спросил его доктор Эш. Маршалл очень мягким голосом ответил "да". "Так что удачи", - сказал ему доктор Эш.

Никто в университете не любил доктора Эш, и все из-за ее грубого поведения по отношению к студентам. У доктора Эш есть сын, она разведенная женщина. Когда она вышла замуж, через несколько месяцев ее муж стал обращаться с ней очень жестоко, что обычно преобладает в жизни каждой женщины, а именно насилие в отношении женщин. Она вышла замуж в 1982 году, а в 1986 году развелась. Ее поведение по отношению к Маршаллу было очень мягким и вежливым; она привыкла относиться к нему как к собственному сыну. В своей супружеской жизни она сталкивалась с разными проблемами, и большинство ее проблем связано в основном с мужем, она всегда старалась быть верной своему мужу, но в конце концов ей это не удалось. Поскольку она не нравится всем сотрудникам и студентам университета, но

Маршалл всегда любил и уважал ее, это замечательное качество Маршалла, которое отличает его от других.

Маршалл опустился на землю; пришло время его матча по крикету. Начать. Жеребьевка принадлежит Калькуттскому университету, и он решил бить первым.

Он был первым игроком с битой, он забил сто очков, но когда команда их соперника вышла на поле с битой, они проиграли матч. Маршалл был очень опечален выступлением своей команды. Адриана пришла посмотреть матч по крикету, у нее нет никакого интереса к крикету, она пришла туда просто посмотреть на Маршалла, мальчика, которого она так сильно любит, но у нее не хватает смелости сказать ему правду.

Было 7 часов вечера. Маршаллу пора было идти домой к мисс Люси на ужин. Он вышел из своего общежития и направлялся к дому мисс Люси, ему потребовалось почти 2 минуты, чтобы добраться до дома мисс Люси. Он позвонил в дверь, мисс Люси открыла дверь, он увидел мисс Люси в новом образе, с шарфом на плече, которого он никогда не видел, сегодня вечером он увидел ее совершенно уникальный стиль. Мисс Люси сказала ему: "Ты пришел только сейчас, я думала, ты придешь пораньше, расскажи мне, как прошел сегодняшний матч". Маршалл сказал, что мы проиграли матч". Мисс Люси сказала: "Не волнуйтесь, выигрыш и проигрыш - это часть игры, в следующий раз вам повезет больше, я просто забыла сказать вам, что Адриана ждала вас, она стоит в коридоре, который находится наверху". Маршалл поднялся наверх и увидел, что Адриана стоит в коридоре и смотрит на луну, которая была частично закрыта облаками. Адриана увидела Маршалла и сказала ему: "Ты пришел; я долго ждала тебя". Маршалл спросил ее: "Что ты здесь делаешь"?

Адриана сказала ему: "Просто смотрю на луну, ночь действительно очаровательна, кажется, что ночь хочет мне что-то сказать, в ней есть какая-то уникальная красота и величие".

В этот момент туда вошла мисс Люси, она сказала им обоим, чтобы они приходили на ужин, я жду". Они прошли в обеденный зал и заняли свои места. Адриана спросила мисс Люси: "Вы сказали, что сегодня особенный день в вашей жизни". Мисс Люси сказала: "Да, сегодня мой день рождения".

Маршалл сказал: "Почему вы не сказали об этом раньше, я мог бы принести что-нибудь для вас". Адриана сказала то же самое. Мисс Люси сказала: "Я получила свой подарок". Маршалл сказал: "Как? Мисс Люси сказала: "Вы оба пришли сегодня вечером, и я получила свой подарок".

Мисс Люси сказала им: "У меня есть длинная история моей жизни, это история обо мне и о моем прошлом, я никому не рассказывала об этом, это было спрятано глубоко в моем сердце. Я хочу поделиться своим жизненным опытом с вами обоими, потому что вы двое мне очень близки". Маршалл и Адриана оба как-то странно смотрели на нее.

Мисс Люси сказала: "Это было время, когда Индия боролась за свободу от рук британцев. Я был там в то время, я тоже был британцем, я жил в Индии и заканчивал свое школьное образование, мой отец был врачом, мы жили в бунгало, предоставленном правительством. Холодным пасмурным днем зимой 1942 года я направлялся в свой колледж, мне было 20 лет, я направлялся в колледж в тот момент, когда я увидел человека, который очень спешил спасти свою жизнь из рук британцев. Мужчина был пойман одним из британских чиновников и застрелен на месте. Я видел, как его семья оплакивала его, он был отцом двоих детей, его убили, потому что он был патриотом, он хотел освободить свою страну от британского правления.

Я пошел к себе домой и рассказал отцу об инциденте, который заметил несколькими минутами ранее. Я сказал своему отцу, что это был ужасный опыт в моей жизни, мой отец сказал мне: "Я знаю, что происходит у тебя на уме, я тоже не хочу жить здесь, где так много насилия, с людьми обращаются как с животными, я хочу вернуться в Англию, но чиновники не разрешают я знаю, что сделать это очень трудно, но я постараюсь покинуть это место.

Через пять дней, было почти 11 часов вечера, ночью я услышал, как кто-то кричит и стучит в дверь. Это был жалкий тявканье, в тот раз я спал, я проснулся ото сна, я был очень напуган, но я мужественно открыл дверь. Я видел человека, который был серьезно ранен, его тело было залито кровью, он звал на помощь, чтобы спасти свою жизнь, потому что он был патриотом и лидером демократической группы. Я позвонил отцу в тот раз, когда он не спал, занимаясь какой-то официальной работой в своем кабинете. Он привел этого человека в дом, мой отец увидел, что в его теле застряло пять пуль, его тело было залито кровью, спасти его жизнь было невозможно, но, тем не менее, мой отец смог уберечь его от опасности.

В этот момент кто-то постучал в нашу дверь, мой отец знает, что это была группа британских чиновников. Он открыл дверь в хирургическом халате, чтобы показать им, что он врач, что было его работой. Когда он открыл дверь, группа британских чиновников попросила его пройти с ними в главный квартал; они отвели моего отца в свой главный квартал и спрашивали его, почему он спас жизнь этому человеку.

Мой отец сказал им, что он врач и выполнил свою работу. Один из чиновников сказал ему: "Вы британец, почему вы можете спасти жизнь индийца, который является нашим врагом". Мой отец неоднократно говорил им, что он врач и он выполнил свою работу, он говорил эти слова разъяренной толпе, но никто его не слушал, в конце концов, его арестовали по той причине, что он был среди индейцев и был предателем по отношению к ним. Я видел своего отца в последний раз в тюрьме, он сказал мне встретиться с моей тетей, которая жила неподалеку, он также сказал мне не беспокоиться за него, он сказал мне, что каждую неделю будет присылать мне письмо.

Десять лет он провел в тюрьме, его вина заключалась в том, что он спас жизнь человека, теперь он живет в Англии, я сказал ему приехать сюда и жить со мной, но он не хочет сюда приезжать, потому что это место для него - кошмар. Иногда ночью я не могу уснуть из-за этого инцидента, который приходит мне на ум. Обычно я езжу в Англию, чтобы встретиться со своим отцом, после того, как я уйду с работы, я отвезу своего отца в Россию, где я живу, и буду заботиться о нем столько, сколько смогу, сейчас 1992 год, а этот инцидент произошел в 1945 году, прошло 47 лет, все изменилось, но мне кажется, что этот инцидент произошел как раз в данный момент, это не что иное, как ужасный кошмар, и по этой причине мой отец не хочет приезжать в Индию. Иногда я не могу уснуть по ночам, думая обо всей своей прошлой жизни, о происшествиях, через которые мне пришлось пройти.

Сегодня вечером я чувствую себя очень свободным, потому что бремя, которое лежало на моем сердце много лет, уменьшилось, сегодня вечером я почувствовал явное облегчение".

Маршалл и Адриана были потрясены, услышав ее историю; они действительно удивлены, узнав, что мисс Люси пережила в своей жизни так много разных ситуаций. Они оба думают, что мы должны многому научиться из ее жизни.

Мисс Люси обратилась к Маршаллу: "Расскажи, как сегодня было с едой". Маршалл сказал: "Это очень приятно, кажется, что я нахожусь у себя дома". Мисс Люси спросила его: "Ваш дом находится в Агартале".

Маршалл сказал: "Да". Мисс Люси сказала: "Агартала - столица Трипуры". Маршалл сказал: "Да, он расположен в северо-восточных районах недалеко от Ассама". Мисс Люси сказала: "Я посещала Ассам, но я не была в Трипуре. Ассам очень популярен своими чайными садами."

Было почти 8:30 вечера; ему пора было идти в общежитие. Маршалл сказал мисс Люси: "Мадам, я должен сейчас уйти, если я опоздаю, суперинтендант будет меня ругать". Мисс Люси сказала: "Хорошо, вы можете уходить, но помните, что завтра у нас занятия, спокойной ночи, Маршалл". Маршалл покинул ее дом.

После этого Адриана сказала: "Теперь я тоже должна уйти". Мисс Люси сказала: "Почему? Потому что Маршалл ушел." Адриана сказала: "Нет, мне сейчас нужно идти". Мисс Люси сказала: "Хорошо, ты иди, но скажи мне одну вещь". Адриана сказала: "Что? Мисс Люси сказала: "Ты любишь Маршалла, ты не пытаешься мне лгать, я очень хорошо тебя знаю". Адриана сказала ей: "Я опаздываю". Но мисс Люси задала ей тот же вопрос. После этого Адриана сказала: "Да, когда я увидела его в первый раз, я влюбилась в него". Мисс Люси сказала: "Я так и знала, он знает, что ты его любишь". Адриана ответила: "Нет". Мисс Люси сказала: "Ты должна сказать ему". Адриана сказала: "Нет, я люблю его, но это не значит, что он будет любить меня, я всегда буду любить его, пока не умру". Мисс Люси сказала: "Раньше я знала, что ты очень красивая девушка, но сегодня я узнала, что ты очень хороший человек".

Глава 11

Маршалл не спал той ночью, он просто думал о разных стадиях, через которые прошла мисс Люси, он не может закрыть глаза, когда пытается это сделать, образы фокусируются в его сознании, людей убивают, и люди умирают, мать плачет по своему ребенку. Он пытался заснуть, потому что на следующее утро ему нужно было рано проснуться, чтобы пойти на занятия.

На следующее утро он просыпается рано, была пятница, и сразу через 2 дня он отправится к себе домой на каникулы. Это будут его последние каникулы, после чего он явится на выпускные экзамены в магистратуру. Он пошел на занятия по социологии; доктор Радж Сен читал лекции по анимизму, закончив свои лекции, он начал задавать вопросы нескольким студентам, но никто из них не смог ответить, наконец, он спросил Маршалла, но тот успешно ответил.

Через несколько минут занятие закончилось, и доктор Радж сказал Маршаллу: "Встретимся в моем кабинете". Маршалл зашел в свой кабинет; он увидел, что доктор Радж что-то пишет. Доктор Радж сказал ему: "Заходи внутрь, присядь". Маршалл стоял снаружи. Доктор Радж сказал ему: "Маршалл, я уезжаю завтра, я уезжаю в Лиссабон навсегда". Маршалл спросил: "Почему, сэр?" Доктор Радж сказал ему: "Я получил предложение о работе от одного из университетов Лиссабона, и еще одна важная причина заключается в том, что моя мать не хочет оставаться здесь, как и я, но я буду очень скучать по вам". Маршаллу было очень грустно это слышать, Маршалл сказал ему: "Я тоже буду очень скучать по вам, сэр". Доктор Радж сказал ему: "Помните, что однажды вы должны блистать, очень усердно учиться, веселиться и заставлять своих родителей гордиться вами, каждый год я буду посылать вам письмо из Лиссабона."

Он вышел из офиса в очень грустном настроении. Он действительно будет скучать по доктору Раджу, он был единственным профессором, который относился к Маршаллу не как к студенту, а как к другу, а также как к брату. Иногда, когда у Маршалла появлялось свободное время, он заходил в кабинет доктора Раджа и сплетничал с ним. Он помнит, что, когда он впервые поступил в Калькуттский университет, доктор Радж иногда рассказывал его родителям о своей учебе, Маршалл значительно продвинулся в учебе именно под руководством доктора Раджа. Однажды он разговаривал со своими родителями по телефону-автомату, и у него было не так много денег, чтобы оплатить счет. Доктор Радж оплатил за него счет. Это свидетельствует о великодушии доктора Раджа, которое он никогда в жизни не сможет забыть.

Доктор Радж также часто делился с Маршаллом своей личной проблемой. Маршалл помнит, как однажды доктор Радж сидел в своем кабинете в очень грустном настроении, Маршалл подошел к нему и спросил, не случилось ли чего плохого, доктор Радж сказал: "Я думаю о своей младшей сестре, которая умерла 5 лет назад". Маршалл спросил: "Что с ней случилось"? Доктор Радж сказал: "Она была беременна в очень раннем возрасте, сделала аборт, и это привело к ее смерти". Он был его любимым учеником, его улучшение стиля письма произошло только благодаря ему, доктор Радж часто говорил ему совершенствовать свой стиль письма и не писать по школьному стандарту, потому что существует большая разница между школьным образованием и университетским образованием. Доктор Радж сказал ему однажды, что в школе очень легко набрать 80 и 90 баллов, но в университете получить такие оценки не так просто, в школе ученики привыкли собираться в кружок и писать, но чтобы получить высшее образование, у вас должен быть определенный стандарт письма. чтобы написать диссертацию.

Маршалл пошел на занятия по драматическому искусству; он ждал прихода Адрианы. Через несколько минут мисс Люси вошла в класс и начала вести урок, но Маршалл все еще ждал Адриану, он просто смотрел на дверь и ждал ее, похоже, она стала частью его жизни.

Мисс Люси сказала классу после ухода: "Это будет ваш последний урок, мы все встретимся после каникул, счастливых праздников всем". Она вышла из класса, Маршалл звонил мисс Люси, и Маршалл подошел к ней и сказал: "Мадам Адриана не пришла сегодня на урок, она больна". Мисс Люси ответила: "Да, она страдает от какой-то простуды, это из-за перемены погоды, вы помните, однажды я сказала вам, что все отправятся в ознакомительную поездку в Шимлу после окончания ваших выпускных экзаменов". Маршалл сказал: "Мои выпускные экзамены состоятся сразу после каникул, после чего я должен подготовиться к вступительным экзаменам на получение степени доктора философии за рубежом". Мисс Люси сказала: "После того, как вы сдадите выпускные экзамены, вы получите 3 месяца отпуска. Я думаю, что ваши выпускные экзамены закончатся в ноябре, а вступительный экзамен на степень доктора философии состоится в марте, и мы все останемся в Шимле на один месяц".

Маршалл сказал: "Да, мадам, я забыл, что поеду в Шимлу, мадам Адриана поедет в Шимлу. Мисс Люси ответила: "Да, она тоже поедет, она уже посещала Шимлу, когда ей было 7 лет, вы обе подружились". Маршалл сказал: "Да". Мисс Люси сказала: "Очень хорошо, увидимся после окончания моего урока, я уже опаздываю на другой урок, пока".

После того, как все его занятия закончились, он уже направлялся в общежитие. Он увидел на обочине дороги маленькую девочку, которая продавала красивые цветы, он подошел к этой девочке, чтобы купить букет цветов, и он купил несколько цветов, несколько красных роз и несколько лилий. В этот момент он встретил Адриану, они оба были так счастливы видеть друг друга, Маршалл спросил ее: "Мисс Люси сказала мне, что ты больна". Адриана ответила: "Да, у меня была небольшая простуда, теперь я в порядке". Маршалл сказал: "Возьми эти цветы, это для ты."Адриана была так счастлива в тот момент, когда Маршалл подарил ей цветы, что потеряла дар речи." Адриана сказала: "Большое тебе спасибо, она постоянно повторяла одно и то же, она взяла цветы и убежала".

Это был самый драгоценный момент в ее жизни, который она никогда не сможет забыть. Когда она ушла, Маршалл тоже был удивлен, он думал, что она была так взволнована, после чего он подумал: "Я думаю, она любит меня", но он сказал, что "этого не может быть". Когда я прихожу и разговариваю с Адрианой, я чувствую себя очень застенчивым, потому что она выше меня, она очень красивая в ее жизни может появиться много хороших друзей, я буду для нее только другом, настоящим другом".

Был понедельник, начались каникулы, сегодня Маршалл вернется в свой родной город и пробудет там один месяц, он был очень рад познакомиться со своими родителями, посидеть и посплетничать со своей матерью. Он направлялся в аэропорт, чтобы отправиться в Агарталу самолетом. Он очень опаздывал на свой поезд, он просто бежал по дороге, чтобы ехать в аэропорт. В этот момент он увидел мисс Люси и Адриану, идущих на рынок, они увидели его и позвали, Маршалл подошел к ним, Адриана сказала ему: "Ты едешь в аэропорт. Маршалл сказал: "Да". Мисс Люси сказала: "Я думаю, вы опаздываете, садитесь в мою машину, я отвезу вас в аэропорт". Маршалл сказал: "Спасибо, мадам". Маршалл и Адриана оба были в машине мисс Люси. Маршалл спросил Адриану: "Ты не пойдешь к себе домой, чтобы встретиться со своей матерью. Адриана сказала: "Нет, с ней там все в порядке, вчера она позвонила мне, сказала, чтобы я оставалась здесь с мисс Люси и не беспокоилась о ней, я тоже хотела остаться здесь". Маршалл сказал: "Почему вам нравится Индия". Адриана ответила: "Да, я люблю Индию, у меня здесь друзья, я действительно очень счастлива здесь, самое главное - это я". Она замолчала. Маршалл спросил: "Вы что-то рассказывали". Адриана сказала: "Я забыла, что собиралась сказать". Мисс Люси сидела за рулем машины и прислушивалась к их разговору. Маршалл сказал им: "Я прибыл в аэропорт, теперь я должен уезжать, до свидания, мадам, до свидания, Адриана". Адриана сказала: "Счастливого пути, Маршалл". Мисс Люси сказала: "Встретимся через месяц. Маршалл подъехал к аэропорту, Адриана была с ним, и когда он входил в ворота аэропорта, Адриана сказала: "Я буду скучать по тебе целый месяц". Маршалл ответил: "Могу я привезти вам что-нибудь из Агарталы".

Адриана сказала: "Ничего, кроме того, что ты пообещаешь мне однажды отвезти меня в свой родной город и познакомить со мной своих родителей". Маршалл ответил: "Я обещаю, до свидания".

Маршалл поднялся в самолет, Адриана стояла там, самолет взлетел, но она просто смотрела на самолет. Мисс Люси подошла к ней и сказала: "Самолет Маршалла улетел, но ты стоишь здесь, пойдем". Адриана села в машину, мисс Люси сказала ей: "Я знаю, ты очень по нему скучаешь, это не Адриана". Адриана ответила: "Нет". Мисс Люси сказала: "Ты не можешь мне солгать, я могу читать по твоим глазам". Адриана промолчала. Мисс Люси сказала: "В тот раз вы что-то говорили Маршаллу, когда он был в машине". Адриана ответила: "Я не помню". Мисс Люси сказала: "Позвольте мне рассказать вам реплики, я действительно очень счастлива здесь, самое главное, что я, а потом и вы остановились, теперь, пожалуйста, расскажите мне, что вы ему говорили". Адриана была удивлена, она сказала: "Я забыла, о чем вы говорите". Мисс Люси сказала: "Я знаю тебя с детства, я могу читать твои мысли, твоей матери здесь нет, но я здесь, я отношусь к тебе как к собственной дочери, ты можешь рассказать мне о своих чувствах".

Адриана сказала: "Я собиралась сказать Маршаллу, что у меня есть кто-то больше, чем друг, и этот кто-то - он, я хочу провести с ним всю свою жизнь, я люблю его, я не знаю, любит он меня или нет, но я действительно люблю его, и я буду любить его до самой смерти." Мисс Люси сказала: "Сегодня я говорю вам, что однажды он примет вашу любовь и будет первым, кто скажет вам, что любит вас". Адриана сказала: "Это совершенно невозможно, сегодня я очень скучаю по нему, я думаю, что между ним и мной существует дистанция". Мисс Люси сказала: "Ты скучаешь по нему сейчас, но я знаю, что он тоже скучает по тебе, он тоже чувствует то же самое, что ты чувствуешь к нему сейчас и я знаю, что однажды он будет первым человеком, который скажет тебе, Адриана, что я люблю тебя".

В самолете он достал свою сумку, там была книга, которую он купил у Адрианы. Он достал книгу и начал читать ее; книга о любви, трагическая история любви, читать книгу - значит засыпать. Он чувствует, что ему очень не хватает Адрианы, это был первый раз, когда он испытывал к ней такое чувство, он признал, что любит ее; он влюбился в нее, но он также уверен, что будет ей только другом, с другой стороны, он чувствует, что хочет сказать ей, что между ним и ней огромная дистанция, когда она была с ним, у него не было такого чувства, но теперь, когда ее нет с ним, он может чувствовать дистанцию, которая существует между ним и ней, он думает разорвать эту дистанцию, это было нечто такое, во что влюбился Маршалл, мальчик, который не верил в любовь.

Рейс приземлился в аэропорту Агартала через 45 минут. Его отец ждал его в аэропорту, Маршалл вышел из аэропорта, увидел, что его отец ждет его у въездных ворот, он позвонил своему отцу, он был очень рад видеть своего отца в течение очень долгого времени, после чего отец отвез его к себе домой.

Дома его мать с нетерпением ждала его, когда он вошел в свой дом, он увидел, что его мать была так счастлива видеть своего сына возвращающимся в свой дом, он тоже был очень счастлив, после этого его дядя и тетя, которых зовут мистер Раттан Дев, с которыми он обычно разговаривал о футболе, игре, которая является больше всего ему нравилось, когда он учился в школе, а также осваивал навыки игры в футбол. Маршалл начал рассказывать своим родителям о своем университете, о своих профессорах, он также рассказал им о мисс Люси, очень милой учительнице и также очень милом друге, но он ничего не рассказал об Адриане, девушке из-за границы, в которую он влюбился. Его мать спросила его: "Была ли у тебя какая-нибудь девушка?" Маршалл почувствовал раздражение и громко ответил: "НЕЕЕЕЕТ". Его отец смеялся, слушая все это. После этого его мать сказала ему: "Ладно, ладно, я просто пошутила", и начала ругать его, говоря, почему ты так кричишь, твой голос могут услышать все наши соседи, что они о тебе подумают".

Когда мать обычно ругала его, он любил то, по чему так сильно скучал в течение стольких дней, когда был в Калькутте. После этого его отец сказал матери: "Перестань так кричать, что он только что пришел, а ты начала его ругать". Его отец сказал ему: "Не прошло и месяца, как к нам домой пришел один из твоих школьных друзей, в настоящее время он учится в Южной Индии". Маршалл спросил своего отца: "Как его звали? Его отец сказал: "Что-то вроде Пола". Маршалл ответил: "Да, я знаю, что его полное имя Пол Лингерлала, короче говоря, мы привыкли называть его Пол Лала, он мой школьный друг, я познакомился с ним, когда учился в 11 классе, в течение двух лет мы были вместе, он был моим лучшим другом, он раньше он жил в школьном общежитии, это его брат." Отец спросил его: "Что брат имеет в виду?" Маршалл сказал своему отцу: "В нашу школу раньше приходили ученики со стороны, они католики, в будущем станут священниками, Пол - один из них, они все раньше жили в школьном общежитии".

Его отец ответил: "Хорошо, я понял, твой друг дал мне письмо, чтобы я передал его тебе, когда он уезжал из Агарталы, он был в этом месте 15 дней, он приехал сюда, чтобы встретиться с тобой, но тебя здесь не было, он жил в школьном общежитии, вот письмо".

Маршалл взял письмо в руки и начал читать его;

Дорогой Маршалл,

Я надеюсь, с тобой все в порядке, Маршалл. Я пришел к вам домой, вас здесь не было; я слышал, что вы получаете степень магистра социологии в Калькуттском университете. Сейчас я нахожусь в Южной Индии, где получаю степень магистра Энтони, Лоуренса и Томаса. Фернандо, все мы вместе, Лоуренс, Энтони, Томас, Фернандо, каждый из нас очень по тебе скучает. Мы всегда вспоминаем наши школьные годы, как весело мы проводили время, ты помнишь, как мы играли в армрестлинг, когда у нас был перерыв, ты побеждал всех, кроме меня. Когда я приезжал в прошлом месяце в Агарталу, я жил в школьном общежитии с другими учениками. Я думаю, вы еще не посещали свою школу. Когда я ходила в наш школьный спортзал, я вспомнила, что раньше учила тебя упражнениям, я все еще чувствую твое отсутствие в нашем школьном спортзале, помнишь ли ты нашу учительницу социологии мисс Манджулу каждый раз, когда она говорила тебе регулярно посещать школу, но ты не был обычным.

Я всегда вспоминаю о футбольных матчах, я помню наши межшкольные турниры, где я забил 3 гола с твоих точных передач, ты был очень хорошим полузащитником. Когда проходил турнир "Интер хаус", я был в "желтом доме", а ты был в "синем доме", твой дом принадлежит тому матчу, в котором ты забил 3 гола, и 2 гола забил Лоуренс, счет был 5:2, я помню штрафной удар, с которого ты забил свои 3 гола, твои штрафные удары были действительно великолепны. Когда ты забил свой 3-й гол, ты снял майку, чтобы показать свое громоздкое тело, это было действительно очень забавно.

Сейчас я очень усердно учусь, потому что если я смогу хорошо выступить, то руководство нашего колледжа отправит нас за границу для получения высшего образования Лоуренс и все твои друзья отобраны для получения высшего образования за границей, теперь у меня есть шанс проявить себя, я знаю, что мы должны оставить нашу семью и всех остальных. вещи, которые утешают нашу жизнь, потому что после прихода мы все станем священниками. Рассказывая вам все это сейчас, я останавливаюсь на достигнутом, пожалуйста, будьте осторожны.

Ваш лучший друг
Пол лала

Когда Маршалл читал письмо, он возвращался к своим школьным дням, к своим друзьям, к своей учительнице, к своей любви Натали Джонс, прошло 6 лет, как он ушел из школы, но, похоже, ничего не изменилось, после окончания школьной жизни он так и не посетил свою школу, чтобы встретиться со своими старыми учителями, увидеть свою классную комнату, где он учился. он учился. Когда он получал степень бакалавра в колледже своего родного города, он организовал матч по крикету в своей школе, это был матч между бывшими учениками и нынешними студентами, но когда пришло время играть, он не захотел там играть причина этого в том, что в этой школе, которую он читал в течение 17 лет, он проиграл. 3 года все без исключения смеялись над ним в автобусе или в классе, когда его перевели в 11 класс, все это закончилось, у него появились хорошие друзья, и они братья по его прошлым воспоминаниям, он не хотел посещать школу.

Маршалл сидел и смотрел телевизор, это был цветной телевизор, который его дед привез в 1985 году, когда его отец был совсем маленьким. Была ночь, и было почти 9 часов вечера, Маршаллу становилось скучно смотреть телевизор, его мать готовила, а отец выполнял какие-то официальные работы. Он вышел в свой коридор и стал наблюдать за небом.

День был пасмурный, как будто вот-вот пойдет дождь, вскоре, через несколько минут, пошел дождь. Ему кажется, что сегодня вечером дождь хочет ему что-то сказать, и это что-то связано с Адрианой, когда он был с ней, он не хотел беспокоиться о ней, но теперь, когда ее нет рядом с ним, он действительно скучал по ней, он всегда думает о ней, о том, что она сейчас делает, как она? Ему кажется, что между ним и ней огромное расстояние, это было не расстояние места, а расстояние взгляда, он любит ее, но он не может сказать ей то, что он говорит себе, пусть все это расстояние исчезнет.

С другой стороны, в Калькутте Адриана сидела в коридоре дома мисс Люси и думала о Маршалле, она тоже очень скучает по нему, в то время, когда Маршалл был с ним, она заботилась о нем, но Маршалл иногда разговаривает с ней, а иногда нет, мисс Люси спросила Адриану: "ты думаешь о Маршалле". Адриана сказала: "Нет", - тихим голосом. Мисс Люси сказала: "Адриана, ты знаешь одну вещь: в этом мире есть много людей, которые пытаются лгать, но у них это не получается, потому что люди могут видеть правду в их глазах, и ты одна из них".

Адриана ответила: "Да, вы правы, я думала о Маршалле, я очень по нему скучаю". Мисс Люси ответила: "Я знаю это, - сказала Адриана, - между ним и мной огромная дистанция, я влюбилась в него при первой встрече, я очень сильно люблю его, но я не хочу говорить, я боюсь, если он уйдет от меня, но я... подумайте о том, что если вы кого-то любите, это не значит, что вы получите любовь от человека, которого вы любите. Я люблю его, но это не значит, что Маршалл должен любить меня. Я всегда буду любить его, я не знаю, полюбит он меня или нет, но я всегда буду любить его, пока не умру".

Слушая ее слова, мисс Люси ответила: "В своей жизни я прошла через разные этапы, я встречаюсь с разными людьми, я также знаю тебя с детства, но я не знала, что такая юная девушка выразила значение любви по-другому, многие люди думают, что любовь - это просто чувство. чувство, но сегодня я поняла, что это нечто большее, чем просто жертва, жертва - это еще одно значение любви, запомни мои слова сегодня вечером, Маршалл будет первым человеком, который скажет тебе, что любит тебя."

В пятницу утром Маршалл проснулся рано и собрался пойти к дантисту со своим отцом, у него долгое время болел зуб, ранее, когда он ходил к дантисту, дантист сказал ему удалить зубы, и сегодня у него появилось время сделать это после того, как он получил хороший нагоняй от своего отца. его отец. Он пошел в клинику, и врач спросил его: "Как ты?"

Маршалл ответил: "Я в порядке, дядя". С ним был его отец, и они разговаривали с доктором, доктор расспрашивал Маршалла о его университете и так далее. Через несколько минут врач извлек его больные зубы из челюсти, в течение года зубы доставляли ему много проблем, наконец, он получил некоторое облегчение от этого.

Глава 12

До окончания его отпуска оставалось всего 5 дней. Он планировал посетить дом своей старой школьной учительницы, которую звали мисс Манджула, она была его учительницей социологии, которая преподавала ему социологию, когда он учился в школе в 12 классе. Он также часто приходил к ней домой за учебой. Маршалл услышал, что через 2 дня она собирается покинуть Агарталу и навсегда вернется в свой родной город Лакхнау (штат Уттар-Прадеш). Ее муж уволился с работы, и по этой причине они хотели вернуться в родной город, где она и ее муж прожили в Агартале 5 лет. В первый раз, когда Маршалл встретил ее, он учился в 11 классе, сначала ему не нравилось видеть ее лицо, он привык считать ее лицемеркой, но потом, когда его перевели в 12 класс, он узнал, что она очень приятный человек.

Было утро пятницы, в этот день Маршалл должен был посетить дом мисс Манджулас. На следующей неделе, в понедельник, он должен покинуть Агарталу и вернуться в Калькуттский университет, сегодня это был единственный шанс для него встретиться со своей старой школьной учительницей, потому что завтра она уезжала навсегда.

Он направлялся к дому мисс Манджулас, прогуливаясь по улицам, он просто думал об Адриане, он очень скучал по ней, было 7 утра, он проснулся в 6 утра, чтобы навестить дом мисс Манджулас. Он думал о том, что сейчас делает Адриана, и также говорил себе: "В следующий раз, когда я приеду в свой родной город, я возьму Адриану с собой, она хотела познакомиться с моими родителями". Он подошел к дому мисс Манджулы и позвонил в дверь, через несколько минут дверь открыл старик, который был ее мужем. Маршалл спросил его: "Могу я познакомиться с мисс Манджулой?" Старик ответил: "Заходи внутрь". Маршалл вошел в дом и увидел мисс Манджулу. Спустя 6 лет она стала совсем старой, не то что тогда, когда учила его, когда он учился в школе.

Он увидел, что она сидит в кресле и слушает грустные романтические песни на граммофоне, Маршалл сказал ей: "Мисс, как вы поживаете".? Мисс Манджула тихо открыла глаза, в то время она спала, слушая музыку. Когда она увидела его, она даже не могла поверить, что смотрит на своего старого ученика, которого она раньше учила, когда он учился в школе. Она была очень взволнована, увидев своего старого ученика. Она спросила его: "Маршалл, как дела, сынок? Было очень давно не видеться с тобой; ты знаешь, что завтра я и твой дядя уезжаем навсегда." Маршалл ответил: "Я знаю, что действительно очень скучаю по тебе, я тоже уезжаю в понедельник, мой отпуск еще не закончился, я должен вернуться в Калькутту". Мисс Манджула говорит ему: "Знаешь, сынок, когда я учила тебя в классе, ты очень нерегулярно посещал школу, я всегда говорила тебе регулярно приходить в школу, но каждую неделю ты отсутствовал".

Они оба разговаривали и очень хорошо проводили время. Мисс Манджула спросила его: "Вам нравится ваш университет". Маршалл ответил: "Да, у меня там много друзей". Мисс Манджула спросила: "Было ли у вас что-нибудь особенное?" Маршалл ответил: "Никто". Мисс Манджула сказала: "Я могу прочитать по вашим глазам, что, по-моему, вы в кого-то влюбились". Маршалл ответил: "Вы совершенно неправильно думаете, со мной ничего подобного не случалось". Мисс Манджула спросила его: "Как зовут эту девушку?" Маршалл сказал: "Адриана, я этого не говорю". Мисс Ран Яна была удивлена, она сказала: "Я знала, что сын, ты влюбился, ты не можешь скрыть это ни от меня, ни даже от кого-либо еще". Маршалл сказал: "Вы знаете, мисс, когда я был с ней, у меня не было никаких таких чувств, но сейчас я действительно скучаю по ней, я также не знаю, любит она меня или нет, но что я знаю, так это то, что я люблю ее и всегда буду любить, сейчас ее нет со мной". я, но почему я думаю о ней, когда я идеально сижу в саду или в любом другом месте, я чувствую ее присутствие повсюду, поскольку ее нет со мной". Мисс Манджула ответила: "Это потому, что ты любишь ее, и я также знаю, что она тоже любит тебя".

Маршалл сказал: "Мисс, я думаю, мне пора уходить, скоро может пойти дождь, когда вы поедете в свой родной город, присылайте мне письма". Мисс Манджула ответила: "Вы также прислали мне свое письмо о вашем браке с Адрианой всего через 10 лет". Маршалл чувствовал себя очень застенчивым, услышав это от своего учителя. Мисс Манджула сказала: "Я действительно буду скучать по тебе, сынок, иногда, когда я сижу дома, я видела школьные фотографии тебя и твоих друзей, вы все ушли из школы, прошло 4 года, но вы все помните меня, вы знаете, что Пол Лала приходил ко мне домой в прошлом месяце, чтобы встретиться со мной". Маршалл ответил: "Мисс, как мы можем забыть вас; вы очень важны для нас". Мисс Манджула ответила: "Я благословляю тебя, Маршалл, однажды ты станешь очень большим и выдающимся человеком, однажды ты заставишь своих родителей гордиться тобой, о ком ты всегда мечтал в своей жизни, и я знаю, что Адриана будет очень счастливой девочкой". Маршалл сказал: "Мисс, я должен уйти, дождь вот-вот пойдет, до свидания, мисс". Мисс Манджула ответила: "До свидания, Маршалл, я буду скучать по тебе, но я буду посылать тебе письмо каждый месяц, до свидания".

Маршалл вышел из ее дома и направлялся к себе домой. Он вошел в свой дом, и мать спросила его: "Ты был в доме своего учителя". Маршалл сказал: "Да, я побывал в доме мисс Манджулы". Его мать спросила: "Как она?" Маршалл сказал: "С ней все в порядке, завтра она уезжает навсегда". Его мать сказала: "Ее муж на пенсии". Маршалл сказал: "Да, но она не на пенсии, она уволилась с работы". Его мать спросила: "Почему?" "Именно потому, что она чувствовала, что стала совсем старой и большую часть времени остается больной, я увидел ее, когда пришел к ней домой, что она медитировала и слушала грустные песни на граммофоне. Она была очень взволнована, увидев меня, но она уже не была той леди, которой была раньше в школе, когда она преподавала нам в школе, кажется, все изменилось". - сказал Маршалл. Его мать ответила: "Все в этом мире меняется время от времени, этот мир постоянно меняется, каждое мгновение оказывает свое влияние, каждое мгновение играет в свою собственную игру, таково правило этого безжалостного времени".

Маршалл помнит, что он должен встретиться с одним из своих школьных друзей, его мать, а также его отец сказали ему, прежде чем он уедет, что он должен навестить одного из своих друзей по имени Ричард, он был его школьным другом, они оба ходили вместе на занятия к своему учителю английского. Жизнь изменилась, изменилось все, что было раньше, в то время, когда он получал степень бакалавра в колледже своего родного города, он обнаружил, что жизнь меняется, это было не то, что он обнаружил, когда учился в школе.

Ночью Маршалл лежал на своей кровати, было 10 часов вечера. В то время ему очень хотелось спать, он лежал на кровати, на улице шел дождь.

Маршаллу очень хотелось спать. Он закрыл глаза, в этот момент возникло какое-то внутреннее раздолье, в его сознании всплыло ощущение его прошлых дней, которые в основном были связаны со школой. Он спал, и во сне он думал о своих последних школьных днях, о своих друзьях, учителях, а также о Натали Джонс.

Он говорил сам с собой, и его внутреннее чувство поразило его разум;

"Мы живем здесь сейчас, все, что было до нас, было прошлым, по большей части забытым и доступным как небольшой остаток в беспорядочных фрагментах памяти, которые вспыхивают в рапсодической случайности и снова гаснут. Именно так мы привыкли думать о себе. И это единственный способ мышления.

Но взгляд изнутри у нас совсем другой. Мы все не хотим жить в настоящем, где есть печаль и полно боли, но хотим перенестись далеко в прошлое, где мы обрели покой и счастье. Это приходит только через наши чувства, особенно глубокие, те, которые определяют, кто мы есть и каково это - быть нами. Эти вещи, которые мы признали, я думаю, что сейчас я школьник, каким я был в своей школе. В школьном автобусе мои глаза смотрели на Натали Джонс, каждый раз, когда я смотрел на нее, я думал, что она любит меня. Мое сердце бешено колотилось, когда мисс Дисуз, моя учительница экономики, вошла в мой класс. Когда моя мама каждый раз ругала меня за учебу, когда она била меня бамбуковыми шпагатами. Раньше я видел, как влюбленные в школе сидели и разговаривали друг с другом, но нашему директору это не нравилось, а мне раньше нравилось. С нетерпением жду звонка на перемену, чтобы поиграть в футбол. Когда девочки из младших классов так мило смотрели на меня, у меня перехватывало дыхание. Иногда я отправлялся в свои прошлые дни не наяву, а в своем воображении, я все еще нахожусь в отдаленном месте во времени. Я никогда не покидал его. Я все еще там, жизнь расширилась из прошлого в настоящее, это настоящее, а это было в прошлом. Я был тем мальчиком, который читал в 12 классе и всегда выглядывал из окна класса, чтобы увидеть Натали Джонс, девочку из 6 класса, она обычно сидела у окна своего класса, очень желая услышать последний звонок в школе, когда занятия закончатся, чтобы сажусь в автобус и сажусь позади Натали Джонс, что ей не понравилось, но это не моя вина, что я пристрастился к свежему аромату мыла *small of soap*, который исходит от ее платья, и всегда смотрю на ее коричневые колени.

Дело было в том, что каждый раз мисс Манджула и другие учителя говорили мне регулярно приходить в школу, поскольку я был нерегулярным. Я все еще тот невинный мальчик на школьных ступеньках. Это абсолютно неуместная ложь, что я сижу в белой рубашке и желтом галстуке за огромным письменным столом и даю советы.

Десять раз в день я слышал звон колоколов на башне, возвещающий о начале занятий и звучащий так, как будто монахов призывали на молитву, и это было в 11999 раз, когда я сжимал челюсть зубами, чтобы почувствовать боль своих чувств, и возвращался в мрачное здание своей школы следуя своему собственному воображению, я слизывал соль со своих губ. Я не знаю, что заставляет меня отправиться в школу - это ради Натали Джонс, или свежий аромат мыла *small of*, исходящий от ее платья, или я существую, чтобы снова увидеть загорелые коленки, или это мечта вернуться туда, откуда я пришел, в прошлое., может быть, это было не очень хорошо, так как сейчас немного лучше, чем сейчас. Когда мы вдыхаем уникальные запахи, мы оказываемся не только в отдаленных местах, но и в глубине нашего собственного нутра, иногда оно кажется нам темным и невидимым.

Это было не так, но все прошлые эпизоды промелькнули у меня в голове. Но в противном случае, почему это должен быть волшебный момент, момент безмолвной драмы, когда поезд резко останавливается? Мы *прервали жизнь, которой живем, и покинули ее, когда умираем, это как движущийся поезд, который прибывает в пункт назначения, а потом уезжает, наша жизнь - это все, чем мы живем, со всеми ее обещаниями.*

Иногда вспоминается время, которое осталось позади. Мы оставляем что-то от себя, когда покидаем какое-то место; мы покидаем место, оставляя после себя свои следы. И есть вещи, которые мы можем найти, только отправившись туда, это то, что моя мама всегда говорит мне усердно учиться, чтобы я мог быть хорошо образованным человеком, это то, что она обычно говорила мне, что знания - это сила, это сила созидать себя, которая дает тебе поддержку и сила. Мы проходим через себя, путешествуем сквозь самих себя, когда монотонный стук колеса возвращает нас к нашей жизни с того места, где мы освещали нашу жизнь, это в основном из прошлого. Жизнь, в которой люди приходят и уходят, где человек занимается различными видами деятельности. Иногда очень трудно идентифицировать человека, его внутреннее поведение, но иногда по какому-то слову или действию мы можем получить четкое представление.

Почему иногда мы так радуемся самим себе? Когда в школе приближается время наших результатов, мы чувствуем страх, а также волнение. Когда человек терпит неудачу, иногда мы слышим плач и восклицания его родителей, но это не значит, что он терпел неудачу всю свою жизнь. Когда в поезде кондуктор называет названия мест или футбольный тренер называет имена выбранных игроков, мы все приходим в восторг. Человеку, который беспокоится о своем сыне или дочери, которые все заняты на ночных вечеринках или в баре, этому человеку очень трудно закрыть глаза, заснуть, и иногда снотворное тоже не может им помочь, это то, что мы подразумеваем под жизнью, это ничто иное, как сцена драмы, где мы исполняем несколько ролей, но мы должны выжить ради нашей судьбы.

На следующее утро Маршалл проснулся рано и принял свое лекарство от гипертонии, которое он принимает уже последние 2 года. Это была суббота, а в понедельник он должен уехать из дома, его отпуск закончился. Он вспоминает, что встречался с одним из своих друзей, Ричардом, которого родители Маршалла часто навещали в его доме. Родители Маршалла сказали ему, прежде чем он уедет, что он должен встретиться со своим другом.

Маршалл сказал своей матери: "Я иду в дом Ричарда, чтобы встретиться с ним". Его мать сказала ему: "Хорошо, ты можешь идти". Его отец сказал: "Приходи скорее, не опаздывай, твой дядя Раттан придет тебя встретить, он сказал мне, что они с твоей тетей останутся в нашем доме на ночь". Маршалл ответил: "Это будет очень весело".

Маршалл вышел из своего дома и направлялся к дому Ричарда. День был пасмурный, ветер дул очень быстро, как будто вот-вот пойдет дождь, и к тому же это был сезон дождей. Когда он идет по улицам, красная грязь набивается ему в ботинки. Через несколько минут он добрался до дома Ричарда. Он позвонил в дверь, и через несколько минут отец Ричарда открыл дверь. Отец Ричарда сказал: "Маршалл, как дела, сынок? Я очень давно тебя не видел." Маршалл ответил: "Да, сейчас я получаю степень магистра в Калькуттском университете". Отец Ричарда сказал: "Отлично, заходи внутрь, иди в комнату Ричарда, он ждет тебя". Маршалл зашел в свою комнату и увидел, что Ричард спит, а его мать сидит рядом с ним. Его мать сказала: "Маршалл присаживается". Мать Ричарда сказала Ричарду проснуться, когда Ричард проснулся, он увидел перед собой своего лучшего друга Маршалла, он был очень рад видеть его после стольких дней.

Ричард сказал Маршаллу: "Как поживаете, я очень давно не встречался с вами, я знал, что вы придете сегодня, я прав". Маршалл ответил: "Да, вы правы. Они оба долго разговаривали. Ричард сказал Маршаллу, что иногда он вспоминает свою младшую сестру, которая умерла 2 года назад, совершив самоубийство, причину, по которой она это сделала, никто не знает, он также сказал Маршаллу, что устроился на работу в редакцию новостной газеты младшим редактором. Он также рассказал, что его отец уволился с работы и теперь ему пора что-то делать. Главное в жизни Ричарда - это то, что он действительно скучает по своей сестре, она была ему очень дорога, причину ее смерти никто не знает, когда воспоминания о сестре приходят ему в голову, он чувствует себя очень несчастным и погружается в мир скорби.

Маршалл сказал: "Я должен уйти, сейчас самое время пойти к себе домой, было приятно поговорить с тобой, Ричард, я действительно буду скучать по тебе". Ричард ответил: "Я тоже буду скучать по тебе, Маршалл".

Маршалл вышел из своего дома; по дороге домой он думал о Ричарде, мальчике, с которым он учился в школе, он был мальчиком, который действительно кажется забавным, инфантильным, незрелым, он привык проводить свое время с детьми начальных классов, и за это причина, по которой все раньше смеялись над ним. Но сейчас он уже не тот, что раньше, он потерял свою сестру, которая была ему очень дорога, он всегда остается печальным в своей жизни.

Он пошел к себе домой, увидел своего дядю Раттана и свою тетю, они приехали погостить в его доме на один день, и это была суббота. Дядя Раттан сказал: "Маршалл, ты уезжаешь в понедельник". Маршалл ответил: "Да, дядя, ты останешься сегодня с нами, и это будет очень волнующе". - сказал Маршалл-отец. "Роттан, почему бы вам с женой не остаться здесь на два дня, это будет очень приятно, и вы оба отправляетесь в Калькутту на следующей неделе". Раттан ответил: "Хорошо, если ты хочешь, мы останемся в твоем доме на 2 дня, мы оба можем провести время с Маршаллом, он уезжает в понедельник, а на следующей неделе мы тоже едем в Калькутту, это на 2 месяца, и я и твоя тетя не знаем, когда мы встретимся с тобой еще раз."

Маршалл и его родители прекрасно проводили время с Раттаном и его женой; они разговаривали и обсуждали свой жизненный опыт. Мистер Раттан сидел в коридоре, было 9 часов вечера, и настало время ужина. Маршалл вышел в коридор и сказал: "Дядя, мои мама и тетя готовятся к ужину". Мистер Раттан спросил: "Где твой отец"? Маршалл ответил: "Он занят какой-то официальной работой". Мистер Раттан сказал: "Подойди, сядь сюда, сынок, давай поговорим".

Шел дождь, мистер Раттан спросил его: "Сынок, когда ты учился в школе, ты обычно играл в футбол на какой позиции". Маршалл ответил: "С середины поля вы забыли этого дядю". Мистер Раттан ответил: "Нет, я не забыл, но я хотел услышать это от вас, потому что хотел посмотреть, помните ли вы игру, которая была вам очень близка, когда вы учились в школе". Маршалл ответил:

"Крикет и футбол эти две игры очень близки моему сердцу, я много играл в крикет, а также в футбол в своей школе, я всегда помню, как в детстве играл в крикет со своим отцом, но я всегда помню свои последние школьные дни, когда я был в классе. 12 Я сыграл много футбольных матчей, моему отцу тогда не нравилась эта игра, но сейчас она ему очень нравится, я всегда вспоминаю то время, когда я учился у тебя футбольным навыкам, и я также помню, как мои друзья говорили мне, что Тавес - игрок из Аргентины, а иногда и Марадона." Мистер Раттан спросил его: "Ты сейчас не играешь в футбол".

Маршалл ответил: "Нет, у меня не так много времени, чтобы играть, и в моем университете тоже не играют в футбол, я думаю, что ушел с этого поля". Мистер Раттан сказал: "Не заставляй себя уходить на пенсию; я знаю, что тебе нужно сыграть еще один матч, и этот матч будет очень удачным в твоей жизни".

В этот момент в коридор вышел отец Маршалла. Его отец сказал: "Мы оба наслаждаемся дождем". Маршалл ответил: "Да, мне нравится дождь, который идет ночью, он делает атмосферу очень прохладной". Мистер Раттан сказал: "Вы все знаете одну вещь: в таких местах, как Чота Нагпур, некоторые племенные группы верят, что гром с его грохочущим шумом является прямой причиной дождя. Поэтому, когда они хотят дождя, они идут на вершину холма, приносят в жертву курицу или свинью, а затем начинают швырять вниз с холма камни, скалистые утесы и валуны, ожидая, что дождь последует за грохочущими звуками, создаваемыми их действиями, точно так же, как он следует за громом. Точно так же некоторые племена, называемые кхондами, приносят людей в жертву, веря, что кровь и слезы из глаз человека принесут дождь." Отец Маршалла ответил: "Сейчас люди становятся совсем как животные, они придерживаются своего старого догматизма и консервативности, что бы ни случилось, давайте поужинаем".

Они все отправились ужинать. После ужина Маршаллу очень хотелось спать, но он не хотел ложиться, он хотел посплетничать со своим дядей, но ему нужно идти спать, потому что на следующее утро ему нужно рано проснуться и собрать вещи, потому что в понедельник он должен уехать, чтобы вернуться к себе. университет.

В воскресенье он проснулся в 6 утра; день был пасмурный, кажется, дождь только что прекратился или вот-вот пойдет снова. Его мать проснулась в 5 утра; отец все еще спал, потому что ночью был занят какой-то официальной работой. Маршалл начал собирать свою сумку, потому что он не хочет заниматься этим делом потом, эта работа кажется ему бесполезной. После этого он вышел из дома со своей матерью на утреннюю прогулку, через несколько минут начался дождь, и мать сказала ему: "Нам нужно пойти к нам домой. Маршалл ответил: "Хорошо, поехали. Они оба хотят к себе домой, и когда они вошли в дом, Маршалл сказал своей матери: "Позволь мне взять зонтик и совершить утреннюю прогулку". Его мать ответила: "Под дождем ты можешь заболеть, а завтра тебе придется ехать в Калькутту". Маршалл сказал: "Нет, я беру зонт, я хочу насладиться дождем, я не знаю, когда я снова приду в это место, я просто хочу насладиться этим дождем". Мать Маршалла не остановила его, но сказала: "Хорошо, ты можешь идти, но не промокни насквозь. Просто будь осторожен." Маршалл ответил: "Я буду осторожен".

Он вышел из своего дома. Он шел по улицам рядом со своим домом, все еще шел дождь, но атмосфера выглядела очень красивой. По дороге он увидел детский сад, в который родители отдали его, когда он был ребенком, но в первый же день он убежал из этой школы. Школа располагалась недалеко от его дома. Он просто смотрел на школу. В этот момент к нему подошла пожилая дама и сказала: "Маршалл, мои непослушные мальчики, как дела?" Она была воспитательницей в детском саду. Маршалл был удивлен, увидев свою старую учительницу; он ответил: "Я в порядке, мадам". Ее звали мисс Фатима. Она сказала: "Вы читаете в Калькуттском университете, я права. Маршалл ответил: "Да, ты прав". Она сказала: "Ты знаешь, сынок, я часто бываю у тебя дома, твои родители сказали мне, что ты учишься на магистратуре в Калькутте, ты знаешь, я всегда помню тот день, когда твои родители приняли тебя в мою школу, и через несколько минут ты убежал, это было так забавно, но я всегда хотел учить тебя у себя дома, ты обычно приходил ко мне домой изучать математику, и когда ты не мог справиться с суммами, делением, а также умножением, ты кричал в тот раз, я всегда помню, что ты был в стандарте KG". Маршалл сказал: "Я уезжаю завтра, мадам". Она ответила: "Я знаю это, ты знаешь, сынок, я всегда помню о тебе, я благословляю тебя, чтобы ты мог стать очень большим человеком в будущем". - До свидания, Мадам, - Сказал Маршалл. - До свидания, Маршалл, - сказала мисс Фатима.

Поговорив с мисс Фатимой, он направился к себе домой. Дождь только что немного прекратился, но солнечного света не было, атмосфера выглядела неприятной, было так пасмурно, как будто облака касаются горизонта, и кажется, что природа носит в своем сердце какое-то горе. Это был декабрь, это был месяц, когда он впервые встретил Натали Джонс в школьном автобусе, прошло почти много лет, но он не может забыть тот день, это был тот день, когда небо было затянуто облаками, и это было в декабре месяце.

Маршалл вернулся домой. Его родители долго ждали его, его мать сказала: "Ты опоздал". Он ответил: "Я встретил мисс Фатиму на обочине дороги, разговор с ней занял много времени". Его отец сказал: "Ты упаковал свой багаж". Маршалл сказал: "Да, я это сделал, но позвольте мне еще раз проверить, оставил я что-нибудь или нет". Он пошел в свою комнату и открыл свою сумку, он увидел, что все было там, в этот момент к нему подошла его мать и сказала ему: "Я слышала, что ты собираешься в Шимлу в течение этого месяца". Маршалл ответил: "Да, после того, как я поеду в Калькутту, наша учительница мисс Люси отвезет нас в Шимле наши выпускные экзамены закончились, теперь мы все пробудем там 1 месяц". Его мать сказала: "Хорошо, но возьми с собой какую-нибудь книгу, особенно по социальной антропологии, тебе также нужно подготовиться к вступительным экзаменам, чтобы поехать за границу и получить докторскую степень, еще одно, возьми с собой этот свитер и эту куртку, они согреют тебя". Маршалл сказал: "Вы дали мне эти вещи, но в моей сумке негде их хранить". Его мать сказала: "Ты не волнуйся об этом, я дам тебе чемодан, в котором ты можешь хранить эти вещи, а также, если захочешь взять какие-то другие вещи, ты тоже можешь положить это внутрь".

Маршалл взял свой свитер и куртку, которые подарила ему мать, он очень беспокоится о своих родителях, которых он не знает, завтра он уезжает, ему будет очень не хватать своих родителей, людей, которых он любит больше всего на свете. Он всегда помнит, что его мать всегда говорит ему хорошо учиться, чтобы сделать свое будущее светлым, стать хорошим человеком, что является главным и важнейшим качеством человека. Его мать была его первым учителем в его жизни. Он всегда думает о своем отце, который дает ему все, начиная с детства. Его отец никогда не думает о себе, но он думает только о своем сыне, чтобы тот мог получить в своей жизни то, чего хочет. Маршалл всегда думает о них, и он знает, что однажды его родители, которых он любит больше всего на свете, будут гордиться им.

Маршалл положил свитер и куртку в чемодан. В этот момент он увидел свои футбольные бутсы, которые его отец купил в магазине, когда он учился в школе, и в которых он сделал хет-трик. Он также положил футбольные бутсы в чемодан, чтобы сыграть свой последний футбольный матч; это потому, что его дядя сказал ему, что в вашем последнем футбольном матче произойдет что-то хорошее.

Глава 13

Был понедельник, и это был день, когда Маршалл должен был покинуть свой дом и вернуться в Делийский университет. День выдался немного солнечным, но было довольно холодно. Маршалл ехал в аэропорт со своим отцом, его мать хотела поехать с ним в аэропорт, но он сказал ей не ехать с ним, потому что он не может уехать, когда с ним его мать, он может начать плакать. Он поехал в аэропорт. его отец сказал ему: "Итак, ты уезжаешь, я буду очень скучать по тебе, сынок, береги себя, я буду посылать тебе письмо каждый месяц, а иногда и через неделю, давай, сынок, не лей слез, усердно учись, веселись и береги себя".

Маршалл увидел, что глаза его отца полны слез, это был первый раз, когда он увидел это, если бы отец не остановил его; он бы даже заплакал. Он поднялся на борт самолета и думал о своих родителях, особенно об отце,

Отец, я могу прочесть в твоих глазах слезы за твоими очками, слезы лишений, боли и суровости. Тревога, которую ясно можно заметить в твоих глазах, я был там в тот момент, несмотря на все мое образование, которое я получил от тебя, я тот мальчик, каким был в детстве, глупый мальчик и безнадежное существо. Отец, во взгляде, который проникает в твои глаза, была любовь ко мне, любовь, которая была скрыта, а скрытые слезы - боль и страдания, которые я дарил тебе и матери с детства. Я ясно вижу задачу в твоих глазах.

Через несколько минут он прибыл в Калькутту. Он направлялся в общежитие, когда зашел туда, то увидел, что Адриана стоит у ворот общежития и ждет его. Один из его друзей окликнул его по имени: *Маршалл, Маршалл.*

Это был не кто иной, как Джатин, его сосед по комнате. Джатин сказал ему: "Маршалл, ты уже приехал, я приехал только вчера". Маршалл спросил его: "Почему Адриана стоит здесь, она кого-то ждет". Джатин сказал: "Да, она стояла здесь с утра, она ждала тебя, я видел девушку, которая так сильно заботится о тебе, тебе действительно очень повезло".

Маршалл подошел к воротам общежития и сказал Адриане: "Я увидел тебя издалека, ты стоишь здесь, и как дела, Адриана?" Адриана сказала: "Я в порядке, я просто ждала одного из своих друзей".Адриана не сказала ему правду о том, что она ждала его, и о причине, стоящей за этим, если он разозлится. Маршалл знал, что она боится сказать ему правду, он спросил ее, и она ответила: "Твой друг приехал". Она ответила: "Может быть, я и не знала". Маршалл после этого ни о чем ее не спрашивал, он сказал: "Я принес тебе немного сладостей, приготовленных моей мамой". Он подарил ей коробку конфет. Она взяла его и была так взволнована, так счастлива, как никогда раньше не ела, словно получила какой-то драгоценный дар от бога.

Маршалл увидел ее, она была так счастлива в тот день, как никогда раньше, это как раз то, что ему нравится в ней, улыбка на ее лице, от которой у него захватывает дух, когда он переживает этот момент, он хочет провести с ней хотя бы мгновение, мгновение радости и желания, желание ощутить чье-то присутствие, присутствие любви и надежды. То же самое было и с Адрианой.

Маршалл отправился в свое общежитие и вошел в свою комнату. Он увидел, что Джатин практикуется в шахматах, Маршалл спросил его, почему он практикуется в шахматах, есть шахматный турнир, но он ничего не отвечает и делает ли он свою работу с полной концентрацией. Маршалл снова задал ему тот же вопрос, на этот раз он ответил, что будет шахматный турнир, и он участвует в нем, и этот турнир будет проходить в новом шахматном клубе, и этот клуб был открыт мисс Люси в университете. Джатин также сказал ему, что мисс Люси хочет встретиться с ним в своем кабинете.

На следующее утро он отправился в университет, чтобы встретиться с ее преподавательницей мисс Люси в ее кабинете. Его занятия по получению степени магистра уже закончились, но он должен приехать в университет, чтобы выполнить кое-какую практическую работу.Его выпускные экзамены тоже закончились, но сейчас в течение недели он занят в университете практической работой по социологии.

Он подошел к двери кабинета мисс Люси. Он сказал: "Мадам, могу я войти". Когда мисс Люси увидела Маршалла, она была очень взволнована и сказала: "Добро пожаловать, мой сын".

Как прошли ваши каникулы, я очень рад видеть вас снова?" Маршалл спросил ее: "Мадам, вы хотели встретиться со мной". Она сказала: "Ты всегда очень серьезен, сначала давай поговорим, а потом я скажу тебе, зачем я тебе позвонила". Маршалл и мисс Люси разговаривали о его семье и друзьях. Через несколько минут мисс Люси сказала: "Маршалл, у тебя сейчас практические работы по социологии". Маршалл сказал: "Да". Мисс Люси сказала: "Когда все это закончится". Маршалл сказал: "Сегодня вторник, к пятнице все закончится". Мисс Люси ответила: "Хорошо, вы знаете, что мы едем в ознакомительную поездку в Шимлу". Маршалл сказал: "Да, я знаю это, мадам". Мисс Люси сказала: "Это на следующей неделе, вы готовы поехать туда, вы знаете, я уже поговорила с вашей матерью в к телефону." Маршалл сказал: "Я вижу, пока я ехал сюда, она рассказала мне об этом, но я не знал, откуда она узнала, что будет ознакомительная поездка в Шимлу". Мисс Люси сказала: "Я просила ее не называть тебе моего имени, я просто хотела сохранить это в секрете, я также разговаривала с твоим отцом, и оба твоих родителя очень милые, тебе очень повезло, что у тебя такие родители".

Маршалл сказал: "Мадам, я готов поехать туда, я очень хочу поехать туда, мои родители также были очень взволнованы, услышав об этой поездке". Мисс Люси сказала: "Итак, я очень рада это слышать. Ты пойдешь, но помни, что сейчас в Шимле очень холодно". Маршалл сказал: "Я знаю, что за это моя мать подарила мне свитер и куртку, она многое знает об этом месте". Мисс Люси сказала: "Я очень хорошо знаю твоих родителей, мой отец был другом твоего дедушки". Маршалл сказал: "Но, мадам, вы не говорили мне об этом раньше". Мисс Люси сказала: "Я всегда хотела сказать тебе это, но у меня не было возможности сказать тебе". Маршалл сказал: "Хорошо, теперь мне пора уходить, я встретился со своим преподавателем социологии по поводу моих практических работ". Мисс Люси сказала: "Хорошо, я поговорю с вами позже, но послушайте одну вещь: в нашем университете состоится шахматный турнир, я уже назвала ваше имя, вы знаете, что я открыла шахматный клуб, и он состоится в воскресенье". Маршалл сказал: "Мадам, я играл в шахматы задолго до того, как учился в школе". Мисс Люси сказала: "Вы просто участвуете в этом, неважно, выиграете вы или проиграете". Маршалл сказал: "Хорошо. Ты говоришь мне, что тогда я попробую". Мисс Люси сказала: "Это очень мило с вашей стороны". Маршалл собирался покинуть кабинет мисс Люси, но, выходя за дверь, он сказал мисс Люси: "Мадам", мисс Люси ответила: "Да, сынок, ты хочешь что-то сказать. Маршалл сказал: "Мадам, я хочу знать, приедет ли Адриана в Шимлу". Мисс Люси просто улыбнулась и сказала: "Она придет". Маршалл сказал: "Хорошо, пока, мадам. Мисс Люси сказала: "Пока, Маршалл".

Маршалл вышел из кабинета мисс Люси. Она думала, что Маршалл любит Адриану по этой причине, он хотел знать, что она приезжает в Шимлу. Она знала, что Маршалл собирается задать ей этот вопрос, и по этой причине улыбнулась ему. Она также знает, что Маршалл не хочет скучать по ней ни на минуту, когда он разговаривает с ней, он чувствует себя очень счастливым, это просто потрясающее чувство сердца и души, то же самое и с Адрианой, она тоже чувствует то же самое, как будто хочет быть с ним в каждый момент. из ее жизни.

Маршалл знакомится со своим преподавателем социологии для прохождения практики. После этого он шел в свое общежитие, было почти 6 часов вечера, было совершенно темно и ничего не было видно из-за тумана, так как стояла зима. По дороге он встретил Адриану, Маршалл направлялся в свое общежитие, а Адриана направлялась в свое общежитие, которое предназначено только для иностранцев. В это время она позвала его, подошла к нему и сказала: "Пойдем в столовую, выпьем по чашечке кофе". Маршалл сказал: "Но я думаю, что столовая закрыта". Адриана сказала: "Нет, ресторан открыт до 7 вечера, пойдем". Маршалл сказал: "Только при одном условии я оплачу счет". Адриана сказала: "Хорошо".

Они оба пошли в столовую. Адриана заказала две чашки кофе для себя и Маршалла. Адриана сказала: "Твои сладости были потрясающими. Маршалл сказал: "Это потому, что это приготовила моя мама". Адриана сказала: "Я знаю, в этих сладостях было чувство любви и заботы, твои родители так сильно любят тебя, что тебе очень повезло". Маршалл сказал: "Ты знаешь одну вещь, когда я училась в школе в моем на уроке нравственности в учебнике был вопрос: "Сделал ли ты что-нибудь, что заставило бы твоих родителей гордиться тобой?" Мой учитель сказал мне, что я не сделал ничего, что заставило бы моих родителей гордиться мной, я всегда доставлял им огорчение, и в тот день эти слова моего учителя подарили мне глубокая боль и скорбь в моем сердце, все мои друзья, когда я учился в младших классах, критиковали меня за то, что я провалился 3 раза за 3 урока. Я причинил им только боль и огорчение". Слушая Маршалла, Адриана чувствовала, как из глаз текут слезы, но она пыталась скрыть это. Маршалл сказал: "Из твоих глаз текут слезы. Адриана сказала: "Нет, я думаю, что-то попало мне в глаза". Маршалл сказал: "Уже 7 вечера, мы должны уходить прямо сейчас".

Маршалл собирался оплатить счет, но у него не было минимальной суммы. Адриана подошла к нему, дала ему деньги и сказала: "Сегодня позволь мне заплатить, в будущем, когда ты станешь очень большим человеком, в тот день ты оплатишь за меня счет, если мы придем выпить кофе, и если меня не будет с тобой, ты вспомнишь меня".

Адриана и Маршалл вышли из столовой и направлялись в свое общежитие. Маршалл сказал: "Ты знаешь, что на следующей неделе мы все должны уехать в Шимлу". Адриана сказала: "Да, я знаю, но ты сказал мне, что отвезешь меня в свой родной город, и я познакомлюсь с твоими родителями".

Маршалл сказал: "Да, сразу после того, как мы приедем из Шимлы, я отвезу вас в свой родной город, и это в следующем году на 15 дней, сейчас декабрь, наш тур продлится один месяц, в следующем году, это 1994 год, тогда я отвезу вас в свой родной город".

Когда Адриана услышала это, она была очень счастлива. Она сказала ему: "Это обещание": Маршалл сказал: "это обещание".

Глава 14

Воскресенье выдалось солнечное утро. В этот день в новом шахматном клубе состоится шахматный турнир. Маршалл участвовал в этом, и его друг Джатин очень волновался. Маршалл увидел Джатина в очень встревоженном настроении. Вообще-то он всегда был в таком настроении, но сегодня его было гораздо больше, и это было только из-за шахматного турнира.

Все собрались в новом шахматном клубе. Мисс Люси и несколько сотрудников ее офиса пришли посмотреть на шахматный турнир. Адриана сидела в шахматном клубе с самого начала турнира. Когда мисс Люси пришла в клуб, она увидела, что Адриана сидит в кресле и ждет прихода Маршалла. Мисс Люси думала о том, как Маршаллу повезло, что у него есть девушка, которая его очень сильно любит и которая действительно заботится о нем.

Через несколько минут пришло время начинать турнир вничью, в нем приняли участие шесть студентов университета, и они с разных факультетов. Маршалл с факультета социологии. Мисс Люси, перед началом турнира она пошла сделать объявление.

Мисс Люси начала говорить;

"Я приветствую всех вас в нашем новом шахматном клубе. Мы организовали шахматный турнир в нашем клубе, и самое главное, что сегодня с нами очень особенный человек, он одна из выдающихся фигур Калькутты, он врач-нейрохирург, и его зовут доктор Радж Шет".

Доктор Радж вошел в клуб. Все без исключения смотрели на него, он подошел, занял свое место и сказал каждому: "Я не хочу читать никаких лекций, давайте начнем турнир".

Все были удивлены, услышав это, но мисс Люси сказала начинать турнир.

Турнир стартовал, и наконец Маршалл и его друг Джатин прошли квалификацию в финал. Мисс Люси сидела с Адрианой и смотрела матч. В конце концов Маршалл проиграл матч. Маршалл проиграл только ради своего друга Джатина, потому что, если кто-нибудь выиграет шахматный турнир, он получит денежную сумму в размере 20 000 рупий. Сестра Джатина страдает раком легких, и она находится на последней стадии, и для ее лечения ему нужны были эти деньги. Его отец работает клерком в правительственном учреждении и получает зарплату в размере 2000 рупий в месяц, а его мать - домохозяйка.

Адриана знает, что Маршалл проиграет матч только из-за своего друга. Она нашла в Маршалле истинное качество - доброту, и он никогда не думает за себя, а за других.

Турнир закончился, Джатин получил денежную сумму от доктора Раджа Шета. Через несколько минут все уже покидали клуб.

Адриана разговаривала с Маршаллом. Она сказала: "Я знаю, что ты помог своему другу, ты проиграл турнир, знал ли Джатин об этом". Маршалл сказал: "Нет, но я не хотел ему ничего говорить, потому что он заслужил это гораздо больше, чем я". Адриана сказала: "Ты прав". В этот момент мисс Люси звонит Маршаллу и Адриане. Маршалл обернулся и увидел, что мисс Люси зовет его вместе со своим доктором Раджем, мисс Люси сказала: "Вы оба идите сюда".

Адриана и Маршалл пришли к мисс Люси, мисс Люси сказала: "Я позвала вас обеих, чтобы познакомить с доктором Раджем, он хотел встретиться с вами обоими". Доктор Радж достал сигарету из кармана пиджака, и когда он собирался прикурить, Адриана сказала ему: "Сэр, пожалуйста, не курите в присутствии Маршалла, у него проблемы с дыханием из-за запаха". Доктор Радж сказал: "Вы очень заботитесь о его здоровье, Маршалл, вам очень повезло, мальчик". Мисс Люси сказала: "Она просто его подруга, и ничего больше. Доктор Радж сказал: "Я все понимаю, мадам, и по тому, как она говорит, я могу понять ее чувства". Мисс Люси сказала: "Это Адриана, дочь моей сестры, она приехала из США". Он сказал: "Она американская девушка". Мисс Люси сказала: "Да, сэр, ее отец был индийцем, и это Маршалл, мой студент-драматург, он учится на магистра социологии".

Доктор Радж сказал: "Адриана и Маршалл очень близки, но я очень хорошо знаю отца Маршалла, мы школьные друзья, Маршалл, твоего отца зовут мистер Каран Рой". Маршалл сказал: "Да, сэр". Мисс Люси сказала: "Вы с его отцом оба школьные друзья". Доктор Радж сказал: "Да, его отец тоже писатель, он пишет стихи, в прошлом году он получил национальную премию за свои великие поэтические произведения" Мисс Люси сказала: "Я не очень хорошо знаю его отца, но я очень хорошо знаю его мать, но я знаю, что его отец - поэт. автор стихов, и он работает в офисе главным редактором." Маршалл сказал: "Вы правы, сэр, но папа не рассказывал мне о вас, я знаю всех его друзей". - сказал доктор Радж. "Я думаю, он забыл рассказать тебе обо мне, мы были лучшими друзьями, но много раз, когда я дразнила его перед всеми девочками, когда мы учились в школе, после этого, когда мы закончили школу, я уехала в Англию изучать медицину, а он учился в другом колледже в Индии, и с того времени у нас не было никаких контактов друг с другом".

Мисс Люси сказала: "Сэр, пожалуйста, выпейте с нами чаю". Доктор Радж сказал: "Нет, не сегодня, как-нибудь в другой раз". Мисс Люси спросила: "Вы сегодня заняты". Доктор Радж сказал: "Да, это так", - сказала мисс Люси, - "но сегодня воскресенье". Доктор Радж сказал: "Я тоже работаю в воскресенье, мне нужно ехать в больницу на операцию". Мисс Люси спросила: "Пациент, страдающий опухолью головного мозга, я должна сделать операцию по удалению опухоли сегодня, молю бога, чтобы я смогла спасти жизнь этого пациента". Маршалл некоторое время молчал, но, услышав от доктора Раджа о пациенте, он сказал: "Сэр, вы спасете жизнь этому пациенту, человеку, который является хорошим человеком, они никогда в жизни не подводят".

Слушая это от Маршалла, доктор Радж был счастлив, как никогда раньше. Он сказал Маршаллу: "Сегодня я очень рад познакомиться с вами, я хирург, я провел тысячи операций и спас жизни многих людей, иногда, когда мне не удается спасти жизни людей, я думаю, что я убийца, который убил кого-то, человека, которого я не знаю, но это так. сын бедных родителей, или брат, или надежда престарелых родителей, жизнь - это путешествие, а смерть - его конец, но сегодня я думаю, что у меня есть момент счастья и душевного покоя, чтобы прийти сюда и встретиться со всеми вами, особенно с вами, Маршалл, но я думаю, что хочу сказать вам обоим вы с Адрианой выглядите очень счастливыми вместе. Я буду молить бога, чтобы вы оба всегда были счастливы в будущем, до свидания, Маршалл".

Маршалл и Адриана направлялись к своим общежитиям. Адриана сказала: "Ты о чем-то думаешь. Маршалл сказал: "Нет, ничего". Адриана знает, о чем думал Маршалл, он думал о докторе Радже, о том, что он рассказывал о ней и Маршалле. Адриана молила бога о том, чтобы то, что доктор рассказал о ней и Маршалле, сбылось, Адриана любит Маршалла намного больше, чем саму себя, она хочет провести с ним всю свою жизнь, то же самое и с Маршаллом, время, которое он проводит с Адрианой, кажется ему, что он хочет прожить этот момент. навсегда, пусть время остановится для нее на какое-то время.

Адриана спросила Маршалла: "Ты помнишь, что завтра мы должны поехать в Шимлу?" Маршалл сказал: "Я знаю, что это первый раз, когда я посещаю Шимлу, мы должны ехать на автобусе". Адриана сказала: "Да, и потребуется много времени, чтобы добраться туда", - сказал Маршалл. - Вы уже бывали там раньше. Адриана сказала: "Да, когда мне было 7 лет". Маршалл сказал: "Очень мило. В этот момент Адриана спросила его о чем-то. Маршалл, "у тебя есть девушка?" Услышав это от нее, Маршалл был удивлен, он сказал: "Нет, но когда я учился в школе, я любил кое-кого, ее звали Натали Джонс, в то время я учился в 12 классе, а она в 6". Адриана спросила: "Любила ли она тебя?" Маршалл сказал: "Я думал, что она любит меня, но я ошибался, она любила мальчика из 10 класса, почему она должна любить меня, ведь я был плохим учеником, и она доказала это, оскорбив меня однажды в школе, Я впервые встретил ее в школьном автобусе." Адриана спросила: "Ты встречался с ней после того, как потерял сознание в школе?" Маршалл сказал: "Да, в прошлом году я встречался с ней, она сказала мне, что сожалеет о своих ошибках, что уехала в Англию навсегда".

Разговаривая с Адрианой, Маршалл добрался до своего общежития и сказал: "Я снова встречусь с тобой завтра, мы должны выехать в 7 часов утра. До свидания." Адриана сказала: "До свидания".

Адриана направлялась в свое общежитие, когда Маршалл рассказал ей о прошлом своей жизни, ее глаза были полны слез, но это было скрыто в ее глазах, она не позволила слезам скатиться с ее глаз, она говорит себе;

Маршалл, я не сделаю того, что Натали сделала с тобой, я всегда буду любить тебя, на каждом шагу твоей жизни ты будешь находить меня позади себя, я не знаю, полюбишь ты меня или нет, я также даже не знаю, получу ли я от тебя ответную любовь или нет, но я буду всегда буду любить тебя, пока не умру.

Глава 15

В понедельник, это день, когда Маршалл должен уехать в Шимлу, для поездки туда были отобраны десять мальчиков и десять девочек, сначала было решено, что поедут все, но после прихода администрация университета решила, что они отправят двадцать студентов в Шимлу и других в разные места, но это не так. это только те, кто выбран.

Маршалл проснулся в 5 утра, утром и в 7 утра они все отправятся в Шимлу на автобусе. Маршалл готовился, и в это время Джатин сказал ему: "Сегодня ты отправляешься в Шимлу. Маршалл сказал: "Да", Джатин сказал: "Я тоже уеду сегодня, чтобы поехать в свой родной город, я получил работу в правительственном учреждении в моем родном городе, я буду очень скучать по тебе, Маршалл". Маршалл сказал: "Но вы не говорили мне об этом раньше. Джатин сказал: "Я тоже не знал об этом, я давал интервью, когда ездил в свой родной город на каникулы, когда закончились наши выпускные экзамены, мой отец тоже уволился с работы, моя сестра страдает от рака, я не знаю, когда она поправится или никогда не поправится. Я также знаю, что в любой момент она может умереть, поэтому я должен быть со своей семьей, особенно с моей сестрой, она нуждается во мне". Маршалл сказал: "Ты иди к себе домой, я буду молиться богу, чтобы твоя сестра поскорее поправилась, но, друг, я буду очень скучать по тебе". Джатин сказал: "Я получил конверт, где написано о нашей жизни, я нашел его лежащим на полу в коридоре нашего общежития".

Джатин отдал конверт в руки Маршалла и попрощался с ним навсегда. Маршалл подумал, что еще один мой друг тоже ушел. Он открыл конверт и посмотрел на бумагу, там было что-то написано о нашей жизни, строки были взяты из книги ученого-аристократа, Маршалл начал читать ее;

МИР - КОМИЧЕСКАЯ СЦЕНА

Мир - это сцена, ожидающая, когда мы своими словами и действиями создадим важное и печальное, смешное и бессмысленное, драму нашего собственного воображения, насколько это трогательно и очаровательно, как идея, и насколько неизбежно.

Жизнь и смерть - неотъемлемая часть человеческих существ, есть ли жизнь после смерти, это тайна для всех, жизнь - это то, где мы живем, путешествие человеческих желаний, стремление к душевному и физическому комфорту, и смерть - это конец всего этого, это оставить привлекательность этого отвратительного мира другой моменты играют в нашей жизни разные роли. многие виды людей мыслят и работают по-разному, вот почему некоторые из нас всегда думают и говорят, что смерть - это начало новой жизни, старые люди уходят, а новые приходят, но жизнь продолжает оставаться стабильной. это то, что мы думаем, и это единственный способ нашего мышления - действительно ли есть рай или ад, человек, который творит добро, попадет в рай, если хуже, чем в ад, существуют ли эти вещи или это в нашем собственном воображении.

Беременная женщина отдает жизнь, полную боли, чтобы родить новую жизнь, в которой боль - это счастье. Человек, находящийся на стадии своей смерти, испытывает много боли и мучений, чтобы покинуть этот мир, говорят, что тело умирает, но душа бессмертна. Душа может покинуть тело и перейти в тело другого новорожденного ребенка. Я не хочу жить в этом мире, где есть боль и страдания, мир скорби и разрушения, мир убийц, убивающих друг друга, окруженных мертвыми телами, с людьми обращаются как с рабами, кровь льется рекой, это мир лицемеров и кровавых паразитов.

Я хочу видеть снисходительность в глазах каждого человека, которую я надеюсь увидеть перед своей смертью. Я не хочу жить в этом мире без красоты и жестов: я надеюсь, что это станет возможным до того, как я умру, это именно то, о чем я думаю, и это то, чему суждено быть.

Маршалл на мгновение замолчал. Поскольку ему кажется, что горячий ветер Африки ударил в его грудную клетку. Слова, которые были там, в конверте, и поразили, и вынудили его. Но наконец он вернулся к реальности, посмотрел на настенные часы: оставалось пять минут до семи. Он быстро взял свою сумку и пошел к воротам университета, там он увидел, что все садятся в автобус, но Адрианы там не было, мисс Люси спросила его: "Маршалл, ты видел Адриану?" Маршалл сказал: "Нет, она не пришла". Кондуктор автобуса велел им всем садиться в автобус, мисс Люси сказала кондуктору подождать пять минут, кондуктор согласился, прошло от пяти до десяти минут, но Адриана так и не пришла. Мисс Люси увидела лицо Маршалла, похоже, он очень волновался, как никогда раньше, после этого они все сели в автобус, но Маршалл все еще ждал ее, мисс Люси сказала ему садиться в автобус, она не приедет, но Маршалл сказал мисс Люси что она придет, и, наконец, она пришла. Адриана прибежала на полной скорости, мисс Люси спросила: "Почему ты так опаздываешь?" Адриана сказала: "Я шла к автобусу, но внезапно упала, и это заняло у меня много времени". Мисс Люси сказала: "С тобой все в порядке, а если нет, то ты можешь остаться здесь". Адриана сказала: "Со мной все в порядке, я пойду".

Адриана поднялась в автобус и села рядом с Маршаллом. У Адрианы все еще болит левая лодыжка, но она сказала, что поедет в Шимлу, потому что ради Маршалла она хочет провести с ним некоторое время. Автобус отъехал от университета, и это было по пути в Шимлу, Маршалл сказал Адриане: "Ты не можешь нормально ходить, зачем ты приехала?" Адриана сказала: "Я не хочу пропустить поездку, мне нравится посещать Шимлу, это очень красивое место".

Адриана не сказала Маршаллу, что хочет посетить Шимлу только ради него, чтобы провести с ним какое-то мгновение счастья, которого она всегда хотела в своей жизни. Кондуктор автобуса сказал: "Адриана, дорогая, мы долго ждали тебя, ты знаешь, что все беспокоились о тебе, но особенно твоя подруга, с которой ты сидишь. "Слушая дирижера, Адриана очень сочувствовала Маршаллу за то, что он так беспокоился за нее, она не хотела заставлять его волноваться, и она всегда старалась сделать его счастливым.

Маршалл в тот раз спал в автобусе, кондуктор сказал мисс Люси: "Мадам, девушка, которая опоздала, как ее зовут?" Мисс Люси сказала: "Ее зовут Адриана. Кондуктор сказал: "Вы знаете одну вещь, мадам, эта девушка такая милая и симпатичная, как будто она похожа на французскую актрису Элоди". Мисс Люси в этот момент просто улыбнулась, мисс Люси сказала: "Вы знаете одну вещь", кондуктор сказал: "Что, мадам". Мисс Люси сказала: "Мальчик, с которым она сидит, она его очень любит". Кондуктор спросил: "Счастливчик, как его зовут?" Мисс Люси сказала: "Его зовут Маршалл, он тоже ее очень любит, но они не сказали друг другу, они оба не хотят выражать свои чувства". Кондуктор сказал мисс Люси: "Не волнуйтесь, мадам, я буду молиться богу, чтобы их жизнь была счастливой и замечательной".

Адриана смотрела на Маршалла, он спал, она не хотела его беспокоить; он не спал прошлой ночью, потому что ему рано вставать утром. Адриана увидела, что его лоб уткнулся ей в плечо, и Адриана дотронулась до его лба. Маршалл чувствует, что это было прикосновение руки Адрианы, ему кажется, что прикосновение было легким, без сопротивления, что-то могло сделать каждое физическое прикосновение неуклюжим и нелепым маневром.

Через несколько часов они добрались до Шимлы, в это время Адриана тоже чувствовала сонливость, но она не хотела спать, но она не может этого сделать, потому что прошлой ночью она тоже не спала, она думала о поездке и о том, чтобы провести немного времени с Маршаллом.

Адриана засыпает, Маршалл в этот момент смотрит на нее. Он смотрел, как прекрасно она выглядит, как будто бог послал угол на земле специально для него. Он рассказывает тихим голосом. *Я могу быть твоим героем, я могу стоять за твоей спиной вечно, и от тебя у меня захватывает дух.*

В этот момент Адриана ненадолго встала и сказала Маршаллу: "Ты что-то сказал". Маршалл сказал: "Нет, я говорил, что мы добрались до Шимлы".

Адриана посмотрела повсюду, было 6 часов вечера, мисс Люси велела всем выходить из автобуса, а автобус опаздывал в Шимлу. Они все вышли из автобуса, было очень холодно, и из-за тумана ничего не было видно. Мисс Люси велела всем разойтись по своим общежитиям. Там было отдельное общежитие для мальчиков и девочек, это было не совсем похоже на общежития, а на небольшой коттедж, где будут проживать десять мальчиков и десять девочек. Адриана направилась к Маршаллу, чтобы что-то ему сказать, но внезапно начался снегопад.

Мисс Люси сказала: "Адриана, иди в коттедж, ты можешь заболеть". Адриана сказала: "Буквально через 5 минут я просто хочу поговорить с Маршаллом". Мисс Люси сказала: "Вы можете поговорить с ним завтра утром, а теперь просто идите в коттедж". Наконец, Адриана отправилась в коттедж, с другой стороны, Маршалл тоже пошел в свой коттедж, он тоже хотел поговорить с Адрианой, но его начальником в коттедже был строгий человек, который раньше служил в армии. чиновник, и этот коттедж, где они все живут, принадлежит ему, его звали Рам Сингх. Он велел им всем войти в коттедж. В это время Маршалл смотрел на Адриану, во время снегопада Адриана выглядела очень красивой, какой на нее никогда раньше не смотрели, она наслаждалась снегопадом, Маршалл был в своем коттедже и смотрел на нее из окна, она смотрела на Маршалла, коттедж мальчика и девочки был расположенные бок о бок. Рам Сингх проходил через комнату Маршалла, он увидел, что окно открыто, он вошел в комнату и громким голосом спросил: "Почему у вас открыто окно? Ты не знаешь, что на улице очень холодно." Маршалл сказал: "Я закрываю окно, сэр". Рам Сингх сказал: "Я говорил тебе, что из-за того, что ты можешь заболеть, я знаю, что ты смотришь на эту девушку, и она тоже смотрела на тебя, как ее зовут?" Маршалл сказал: "Адриана", Рам Сингх сказал: "Ты любишь ее". Маршалл был в молчаливом настроении, но он сказал правду, Маршалл сказал: "Да, сэр". Рам Сингх сказал: "Возможно, я ценю тебя за твою прямоту, но она тоже любит тебя". Маршалл сказал: "Я не знаю, сэр". Рам Сингх сказал: "Я думаю, она любит тебя, это потому, что ты смотришь на нее так же, как она смотрит на тебя". Маршалл сказал: "Возможно, так оно и есть". Рам Сингх сказал: "Это так, потому что у меня такой же опыт, и вы хотите послушать мою историю". Маршалл сказал: "Да, сэр".

Рам Сингх начал рассказывать Маршаллу свою историю;

Он сказал: "Это было в 1965 году, когда я проходил военную подготовку. Нам приходится работать день и ночь, я участвовал в нескольких сражениях в своей жизни, а также был ранен. Однажды, когда я был в Цюрихе, мне пришлось побывать там с несколькими моими друзьями для обращения. Я там кое с кем знакомлюсь, с девушкой из России, мы поговорили друг с другом и стали очень хорошими друзьями. Но однажды она сказала мне, что любит меня, раньше она смотрела на меня так же, как Адриана смотрит на тебя. Я ничего ей не сказал, она сделала все для физической близости, что я ей сказал, и я вернулся в Индию, ничего ей не сказав.

Через месяц я понял, что был неправ, я поехал в Цюрих, чтобы встретиться с ней и сказать, что люблю ее, но обнаружил, что она мертва. Одна пожилая женщина сказала мне, что раньше она любила кого-то, армейского чиновника, но он не любил ее, и по этой причине она покончила с собой. Я винил себя в ее смерти. Я никому не рассказывал свою историю, сегодня я рассказываю ее вам; это очень короткая и очень трагическая история".

Маршалл некоторое время молчал. Рам Сингх сказал: "Теперь отдохни, прошлые дни прошли, теперь мы должны смотреть в будущее и настоящее, судя по тому, как ты играешь в футбол". Маршалл сказал: "Да. Сэр, я раньше играл в футбол, когда учился в школе, но вот уже 2 года я не имею никакого отношения к этой игре". Рам Сингх сказал: "Завтра футбольный матч, я слышал от вашей мисс Люси, что в вашей школе вы были Марой Доной". Маршалл только улыбнулся и сказал: "Это было давно". Рам Сингх сказал: "Завтра я хочу увидеть новую Мару Дона, матч в 9 утра, сейчас очень холодно, у тебя шерстяные перчатки". Маршалл ответил: "Нет, сэр". - сказал Рам Сингх. "Я дам вам свитер и перчатки, вы же знаете, сейчас декабрь, и в Шимле очень холодно". Маршалл сказал: "Я знаю это, сэр, моя мать родом из Шимлы. Рам Сингх сказал: "Итак, ты многое знаешь об этом месте". Маршалл сказал: "Я знаю всего несколько вещей". Рам Сингх сказал: "Что?", Маршалл сказал: "В Шимле очень холодно, это холодное место, а также очень красивое место, здесь все прекрасно, это похоже на рай". Рам Сингх сказал: "Да, это так, у тебя есть футбольные бутсы". Маршалл сказал: "У меня есть это". Рам Сингх сказал: "Очень хорошо, так что сейчас уже очень поздно, отдохни немного, я поговорю с тобой завтра утром". Маршалл сказал: "Сэр, я просто хочу спросить вас, между кем состоится матч, и я буду играть в какой команде". Рам Сингх сказал: "Это матч между местным клубом "Шимла" и моим клубом "Бойз", ты будешь играть за мою команду в качестве полузащитника, отдохни немного, завтра тебе нужно рано проснуться, спокойной ночи".

Глава 16

На следующее утро Маршалл проснулся рано и вышел из своего коттеджа. Все его друзья спали, утро было туманное. Он увидел, что Рам Сингх делает какое-то упражнение, Рам Сингх подошел к нему и сказал: "Доброе утро, сынок, не хочешь присоединиться ко мне в упражнении?" Маршалл сказал: "Почему бы и нет, сэр". Адриана увидела Маршалла из окна своего коттеджа; она просто побежала к нему навстречу. Маршалл с Рамом Сингхом; Адриана подошла к нему и сказала: "Пойдем прогуляемся". Маршалл сказал: "Я согласен, сэр". Адриана сказала: "Хорошо", она была очень расстроена, Рам Сингх увидел, что девушка пришла, чтобы что-то ему сказать; он не хотел разбивать сердце очень красивой девушки. Рам Сингх сказал: "Маршалл, ты пойдешь с ней, но приходи на игровую площадку в 8.30 утра, ты должен забрать свою майку, матч начнется в 9 утра".

Маршалл отправился с Адрианой на прогулку. Адриана сказала: "Сегодня будет футбольный матч. Маршалл сказал: "Да, я играю в клубе Рама Сингха. Адриана сказала: "Я приду посмотреть на твой матч". Маршалл сказал: "Хорошо, я буду ждать тебя". Адриана сказала: "Ты знаешь, что рядом с озером есть церковь, давай посетим ее". Было 7 утра, Маршалл сказал: "Это слишком далеко или что-то в этом роде". Адриана сказала: "Нет, это просто рядом". Они оба ходили в церковь; Адриана сказала Маршаллу, что это очень красивая церковь, окруженная соснами, она также рассказала ему, что ранее посещала церковь, когда ей было 7 лет.

Они оба вошли в церковь. Там был священник, которого звали отец Антоний, он сказал, глядя на Адриану: "Как поживаешь, дитя мое? Священник знает ее очень хорошо. Адриана сказала: "Я в порядке, отец". Священник спросил: "Кто этот молодой человек?", Адриана сказала: "Это мой друг Маршалл". Адриана сказала: "Маршалл, пойдем помолимся, Маршалл сказал ей, что ты идешь, он идет. Адриана пошла помолиться, Маршалл подошел к отцу Антонию и сказал ему: "Отец, вы ее знаете". Отец Антоний сказал: "Да, сынок, я очень хорошо ее знаю, когда ей было 7 лет, она приезжала сюда со своей матерью, она приходила сюда и смотрела эту еврейскую библию, она перелистывала страницы этой Библии, она ничего не понимала, но ей всегда нравилось это делать что, ты знаешь, ее мать из аристократической семьи, ее отец бросил ее мать, когда она была на втором месяце беременности, это очень печальная история, сынок."

Маршалл увидел Адриану, она непрерывно молилась богу. Он подошел к нему и присоединился к ней. После молитвы они сказали отцу Антонию, что уходят, они оба вышли, и Маршалл сказал ей: "То, что ты рассказала Богу, Адриана сказала: "Это нечто конфиденциальное, я не могу тебе сказать". Маршалл сказал: "Хорошо, я не буду спрашивать тебя об этом, но ты приходи в 9 утра посмотреть матч по футболу". Адриана сказала: "Я приду". Маршалл сказал: "Итак, сейчас я должен идти на площадку, встретимся в 9 утра".

Маршалл рухнул на землю, Адриана ничего не сказала ему о том, о чем она молилась богу, она молилась богу за Маршалла, чтобы она могла провести свою жизнь счастливо с ним в будущем, он мог заставить своих родителей гордиться им, чего он всегда хотел в своей жизни. Адриана пошла к мисс Люси просить разрешения посмотреть матч по футболу, мисс Люси дала ей разрешение, было почти 9 утра, и Адриана уже направлялась на площадку, но в этот момент она получила травму ноги и упала, она даже не может стоять, некоторые кто-то из ее друзей увидел это и привел ее в коттедж.

Футбольный матч начался. Он начал играть, но в то время совершенно забыл об Адриане. Он наслаждался своим футбольным матчем. Ему кажется, что он вернулся в свои школьные годы, и ему кажется, что Мара Дона вернулась, а также Карлос Тавес, игрок из Аргентины, как называл его его друг Шанкха, команда соперника забила два гола, а Маршалл сравнял счет, счет был равным, Маршалл был сильным мальчиком, в школе все говорили ему, что его импульс выглядит очень опасным. Оставалась последняя 1 минута, и он забил третий гол в матче и принес своей команде победу.

Рам Сингх сказал ему: "Ты играл очень хорошо, сынок, и Адриана пришла посмотреть матч". Маршалл сказал: "Я забыл о ней, я не знаю. Маршалл огляделся, но нигде не нашел Адриану, после чего отправился в свой коттедж. "Переодевшись, он вышел, и все его друзья говорили ему, что ты отлично сыграла. Он встречает мисс Люси возле своего коттеджа, он спросил ее об Адриане, она сказала ему, что собиралась посмотреть его матч, но у нее травма ноги, она даже не может нормально ходить, ей сейчас очень грустно. Маршалл спросил мисс Люси, где она сейчас, мисс Люси сказала ему, что она рядом с озером.

Маршалл подошел к озеру и увидел, что Адриана сидит одна в грустном настроении. Он подошел к ней; она сказала ему, что ей очень жаль, что она не может пойти на его матч, и спросила его, как сейчас ее нога. Она сказала, что все в порядке, но Маршалл и Адриана все еще были там, она стояла с ним, Маршалл сказал ей идти в свой коттедж, она не хотела идти, но Маршалл постоянно говорил одно и то же, он боится, что она заболеет, тогда она вышла, чтобы пойти туда, так как она прошла несколько шагов, когда Маршалл крикнул и сказал ей. *Адриана, Я люблю Тебя.*

Адриана подбежала к нему, совершенно забыв о боли в ноге. Адриана сказала: "Я умирала от желания услышать от тебя эти слова". Она была очень взволнована. Адриана сказала: "Я всегда любила тебя с того момента, как впервые встретила".

Шел сильный дождь, они оба подошли к лодке, которая стояла на озере, и укрылись в ней. Адриана была в объятиях Маршалла.

Завывал ветер, становясь все холоднее и резче. Зубы Маршалл начали стучать, и она тоже дрожала от холода. Она прижалась к нему так близко, что он мог разглядеть блеск в ее глазах сквозь темноту. Капли дождя падали ему на плечо, но у него не было этого ощущения, он мог только чувствовать ее теплое дыхание. Волны воды плескались о них обоих. Ее присутствие духа лишило его дара речи. Она обняла его, в этот момент она смотрела на него, и теперь в ее глазах читалась тревога в контексте ее беспечного, хладнокровного поступка. Холодный ветер швырял ее густые волосы ей в лицо; он убрал их с ее лба. Она запечатлела поцелуй на его губах, и это было одно за другим, она дарила ему бесчисленные теплые поцелуи, это были первые поцелуи, которые жизнь подарила ему от девушки.

Этот момент был очень драгоценен в их жизни, это был момент желания и привязанности друг к другу, это был момент, когда они оба стали единым целым, они оба хотели прожить этот момент вечно. Дождь прекратился, они оба отправились в свой коттедж, они были очень счастливы. После этого каждый день они посещали какие-то места, они все время были вместе, они разговаривали друг с другом, сидя у озера, они смеялись вместе, у них были очень приятные и очень чудесные моменты в их жизни, каждый раз, когда Маршалл выглядывал из окна своего коттеджа, чтобы посмотреть на Адриану его сердце начинает бешено колотиться, когда он видит один взгляд Адрианы, каждое мгновение он переводит взгляд от окна к окну, чтобы увидеть один взгляд Адрианы. Маршалл пообещал ей, что в следующем году отвезет ее к себе домой, чтобы познакомить со своими родителями. Они оба поехали на поезде в очень красивое место, чтобы посетить дом престарелых; Адриана поехала туда и приятно провела время, беседуя с людьми преклонного возраста. Некоторые люди говорили, что они оба такие милые и прекрасно смотрятся вместе.

В канун Рождества Адриана и Маршалл планировали сделать друг другу подарок. Адриана принесла Маршаллу золотые часы, но у Маршалла не было денег, у него в кармане было всего 5 рупий. Маршалл стоял на обочине дороги, шел небольшой дождь, Адриана подошла к нему и вручила подарок, надев золотые часы ему на запястье. Маршалл принес для нее несколько роз, он подарил ей их и сказал, что у него недостаточно денег, чтобы купить ей дорогой подарок, услышав, что Адриана сказала: "Эти цветы очень дороги для меня, спасибо, что подарили мне такой приятный подарок". Сказав ему это, она обняла его и сказала, что мисс Люси сказала: "Сегодня вечером будет рождественская вечеринка, ты должен присутствовать". Маршалл сказал: "Я буду там". В этот момент Адриана сказала Маршаллу: "Я должна сейчас уйти, мне нужно подготовить все для вечеринки". Маршалл сказал: "Хорошо, ты иди".

Адриана собиралась уходить; она была очень счастлива получить цветы от Маршалла. Она поворачивалась, чтобы увидеть Маршалла. Маршалл тоже смотрел на нее, внезапно машина сзади врезалась в нее, и произошла авария, там собрались все люди, Маршалл побежал и подошел к Адриане, она лежала на дороге. Мисс Люси, Рам Сингх приехал туда, Адриану отвезли в больницу. Через несколько минут врач сказал всем, что она мертва.

Это было шоком для Маршалла; *Адрианы больше нет, она мертва.*

Маршалл выписался из больницы. Он молчал; в эту холодную зиму шел сильный дождь. Он стоял на улице и мокнул под дождем, капли дождя падали ему на голову, на лицо, и слезы, которые текли из его глаз, смешивались с дождевой водой. Он говорил себе: *Адриана мертва; девушки, которая научила меня значению любви, больше нет в этом мире.*

Глава 17

15 лет спустя

Маршалл уехал за границу, чтобы получить докторскую степень в Вашингтонском университете. В настоящее время он работает в Вашингтонском университете профессором социологии. Когда он защищал докторскую диссертацию, он получил письмо от Натали Джонс о том, что она выходит замуж. Когда зимой выдается дождливый день, он чувствует себя очень несчастным, потому что в это время он ощущает отсутствие Адрианы, это также было время, когда он впервые встретил Адриану.

Мисс Люси уехала в Россию после окончания университета; она живет там со своим отцом. Иногда Маршалл разговаривает с мисс Люси по телефону.

Когда у него появляется немного времени, он приезжает в Калькутту, где может почувствовать присутствие Адрианы, своей потерянной любви. Он также приезжает в Шимлу, недалеко от озера, чтобы почувствовать присутствие Адрианы.

Когда в Шимле идет дождь, он чувствует присутствие Адрианы; место, где они оба стали ближе друг к другу, он чувствует, что Адриана где-то здесь, он может ее видеть. Он совсем один в своей жизни, его родители тоже ничего не знают об Адриане, это было что-то скрытое в его сердце. Он посещает кладбище, которое находилось рядом с озером в Шимле, Адриане раньше очень нравились зимние места, он любил ее так сильно, что даже во сне не мог задеть ее чувства, она сказала Маршаллу, что, когда они поженятся, они снова приедут в Шимлу, но этого не произошло, теперь это место, где ее тело было положено в могилу, он приходит и садится рядом с надгробием, на могиле Адрианы, и проводит здесь некоторое время, кажется, что она с ним, он может чувствовать ее в этот момент, бог не хотел, чтобы Адриана была его навсегда. и за это Бог отнял ее у него, но когда идет дождь, ему становится грустно, *зимний дождь стал глубокой печалью его милой истории любви и пафосом, который добавляет красоты дождю.*

Маршалл сидел в своем кабинете в университете, один из его студентов подошел к нему и сказал: "Сэр, сейчас у вас с нами занятие". Маршалл сказал: "Ты иди на урок, на который я иду". Он очень строгий профессор, все его уважают, никто не пытается вмешиваться в его работу, и то, что он делает и что он говорит, всегда вызывает уважение. Он пошел на занятия, на улице шел дождь.

Об авторе

Дебаджиоти Гупта

Дебаджиоти Гупта родился в Агартале, штат Трипура. В настоящее время он является научным сотрудником в Университете Трипуры, Индия.

www.ingramcontent.com/pod-product-compliance
Lightning Source LLC
LaVergne TN
LVHW041539070526
838199LV00046B/1745